微雪

饶雪漫 著

长江出版传媒 | 长江文艺出版社

图书在版编目（CIP）数据

微雪 / 饶雪漫著 . —武汉：长江文艺出版社，
2018.4

ISBN 978-7-5354-9782-6

I.①微… II.①饶 … III.①长篇小说—中国—当代 IV.① I247.5

中国版本图书馆 CIP 数据核字 (2017) 第 137311 号

微雪

饶雪漫　著

选题产品策划生产机构 | 北京长江新世纪文化传媒有限公司

总 策 划 | 金丽红　黎　波　安波舜

责任编辑 | 孟　通　　　策划编辑 | 李　含　　　助理编辑 | 王　君　迟　鑫

法律顾问 | 张艳萍　　　装帧设计 | 张洪艳　　　媒体运营 | 张　坚　符青秧

文案策划 | 连若琳　　　内文制作 | 吕　夏　　　责任印制 | 张志杰　王会利

总 发 行 | 北京长江新世纪文化传媒有限公司

电　　话 | 010-58678881　　　　　传真 | 010-58677346

地　　址 | 北京市朝阳区曙光西里甲 6 号时间国际大厦 A 座 1905 室　　　邮编 | 100028

出　　版 | 长江出版传媒　长江文艺出版社

地　　址 | 湖北省武汉市雄楚大街 268 号湖北出版文化城 B 座 9-11 楼　　　邮编 | 430070

印　　刷 | 大厂回族自治县彩虹印刷有限公司

开　　本 | 889 毫米 ×1194 毫米　1/32　　　印张 | 6.25

版　　次 | 2018 年 4 月第 1 版　　　　　印次 | 2018 年 4 月第 1 次印刷

字　　数 | 100 千字

定　　价 | 38.00 元

After the pain, everything is new.

疼 痛 过 后 ， 一 切 如 新 。

目 录 Contents

LIGHT SNOW

我们的爱

也许只是一场细微的雪

落进地面转眼就消失不见

——摘自米砂的博客《我在等着天亮起来》

第一章　重逢

在我高三下学期开学的第一天的夜晚，又下了一场雪，

我在凌晨就听到雪瓣跌落到地面的声音，拉开窗户，果然看到一片荧光的白。

起身下楼，发现米砾竟比我起得还早，正在收拾他的东西，他没有让李姨帮忙，看上去很有条理的样子。他终于脱下了他的那些奇装异服，把稍显小的校服别扭地套在身上。

那是天中的校服，我也有过两套，只是，我再也没有穿它的机会了。穿上校服的米砾看上去挺高兴，他在客厅中央的白色地板上滑行，又立住，展示了他连续的绚丽转圈，手托额头，居然背诵了一句校训："天一中，展风流。发展中显个性，团结中争创新。"

李姨正在拖地，只顾看他表演，差点踩到拖把摔倒。我也跟着没好气地笑了。米诺凡在楼梯上大声地喊我们快点把东西准备好，米砾趁他没注意朝楼上翻白眼，然后溜到我面前悄悄对我说："米二，我有个天大的秘密，你想不想知道？"

米砾是个没什么秘密的人，所以他所谓的天大的秘密实在是有那么丁点儿勾起了我的八卦之心，于是我很配合地看着他，等他公布答案。他朝楼上看了看，又朝往厨房走去的李姨的背影看了看，这才凑到我耳边小声地说："昨晚我偷听到米老爷打电话，好像是说高考太苦了，要把我们弄出国。"

什么？！

"说说而已。"米砾有些紧张，又有些兴奋，笑嘻嘻地搓着手，没出息到了极点。

"抓紧点，送你们报完到，我还有重要的事。"米诺凡一面说一面拎着一条金光闪闪的领带从楼上走下来。

他走到我面前，捏着手中那条有些过分扎眼的领带，对我说："这是一个生意上的朋友送的。今天要和他见面，不扎这条不行。我只会一个打法，你上次替我打的那个叫什么结来着？你再替我打一遍吧。"

"温莎结。"我纠正他。他昂着脖子，把自己的衣领竖起来，等我替他把领带围上去。

我记得那打法，且永远不会忘记。

手里动作不过三下五除二，很快就打好了。

我仍然记得，上一次替他打领带，还是我十三岁那一年。因为前一天家里的领带都送到店里去做护理，只剩一条宽领带和一条平时上班用的领带。他又临时决定去参加一个酒会，急得直冒火，打电话逼他的秘书十分钟之内出现在他面前并替他打好领带。

是我自告奋勇地解决了所有问题。

只是他不知道，这种打法，是么么教我的。在我五岁还是六岁那一年，我们一个下午坐在一起，玩打领带的游戏。

她教给我六种打法，我竟然到现在都全部记得。

或许我遗传了他的偏执，我一直坚定地认为：总有一些事，是米诺凡所不必知道也不能理解的。

无论如何，我们的关系有所改善，除却一桩问题——他发誓永远不和我达成一致，那就是关于我的感情。这是一个让米诺凡永远头疼永远想不明白的问题，用他的话来说，从莫醒醒到路理，米砂你是不是故意要让我这个当爸爸的疯掉才罢休？

天地良心，我怎么可能谈得上"故意"。

这一天，米诺凡是先送我，再送的米砾，他的宝马730开到天中还有人多看一眼，开到我们这所所谓的"贵族学校"就属于正常级别。车子在校门口停下来，他们一人替我拖一个箱子，非要送我到宿舍。老帅男系着一条洋气十足的领带，小帅男穿着闪亮的天中校服，自然一路吸引无数的目光。

米砾故意过来搂住我的肩，一步三晃。我脸红脖子粗地推开他，他哈哈大笑说："好心没好报，我这样做是要让老爹放心，告知天下咱米二早名花有主，让这所学校里的男生从心碎到心死，你也就安全了。"

"万事靠自觉。"米诺凡说完，意味深长地看我一眼。我不夸张，那一眼真是意味深长，好像抓住我什么犯罪证据一般让我气短。

"老爹。"我心里不爽，于是恶作剧地爆料道，"米砾在谈恋爱。"

"你胡说！"米砾扯着嗓子吼。

"他爱上洋妞，不信你查电话账单，越洋电话可不是一般的贵。"

"胡说，我都打网络电话！很便宜的。"米砾喊完才发现上了我的当，拖着箱子追着我打。我转身，竟然看到米诺凡在笑。

儿子恋爱，他笑成这样。我恋爱，他就伤神伤肝，这算哪门子事？

真不公平！

"米二，我要跟你比赛！"米砾走的时候，忽然回身，头从我宿舍大门口歪过来，朝我眨了眨眼。

"什么？"我没听明白，追到门口。

他没有解释，而是飞快跑掉，甚至一个箭步冲到了米诺凡前面，只不过很快刹住脚步，又回过头来。我们的眼神有刹那交会，那是一种很奇怪的感觉，在我和他之间本应该常常要有却总是没有的，应该属于双胞胎的奇怪体验。

此米砾已经完全非彼米砾，他是要好好干一场了，我明白。

我还是替米诺凡感到高兴的。一儿一女，有一个争气的就好。这么一来，我又被自己自暴自弃的想法给吓了一大跳，我怎么可以这样，绝对不可以这样！

米砂没有认过输的，不是吗？

我环顾四周，这里的一切都和天中有相当大的不同。宿舍很大，而且一间房只住两个人，同屋的女生没来，我一个人呆在那里发了很久的呆。然后，我决定去做一件事。

一件我想了很久要做，但是一直都没有去做的事——去见他。

我要救自己于恍惚之中，这是必须的。

米诺凡，请你一定要原谅我。

半年了，我仍然记得最后一次见面。在明亮的麦当劳落地窗前，他仍然给我点果汁，他自己喝可乐。我不作声地吸光了一整杯果汁，才犹犹豫豫地对他说："我已经答应了爸爸，高考前，都不和你联系。"

"好。"他仍然穿白色的T恤，答应得那么干脆。那一刻，我不是没有感动的。我原以为他至少会询问原因，而我就可以把事先准备好的理由和盘托出。

两情若是久长时，又岂在朝朝暮暮？

我甚至写好了这样勇敢又有些不知廉耻的诗句，准备趁他不注意，偷偷塞进他的口袋。可他居然如此信任我，连原因都不问。所以，我又有些要了命的遗憾。噢，真是患得患失。

　　因为腿伤的原因，他并没有考上北京电影学院。他在本地上了一所普通的大学，他读的专业是听上去很神气的工商管理。（但是谁都知道，在那样一所什么都不是的大学，学习这个专业对他的将来意味着什么。）

　　不过，他似乎并不怎么遗憾。他很认真地对我说："天将降大任于斯人，必先苦其心志。"那时未读高三的我，居然就天真地相信了他的话。

　　可是，待我读到高三，才得知，他读的专业，按理说无法接纳肢体残疾的学生。可见他能进这个专业并不容易。

　　天中的论坛里，有许多无聊又花痴的女生，把他叫作"拜伦王子"。她们在第一时间报道他的行踪，分析他的生活，甚至还关心他的情感现状。

　　不过更花痴的是我，我特地去学校图书馆借阅《拜伦传》，花了整整一天的时间去研究这本枯燥的名著。

　　十九世纪的诗人拜伦天生残疾，因此变得愤世嫉俗放荡不羁。

　　多么可笑，他压根不是这种人。我还了书，回到教室，心却飞到外面。我还是关心他的一切，希望天天和他发短信或者打电话，但我真的不联系他，他也就真的不联系我。我有些不爽，一有空小心眼就往上冒。

我希望他思念我，像我思念他。

只是他果真就此消失在我的视线里和遐想里，连二十四小时开机的手机都不曾接到过他一个电话。

我便也赌气地过了这半年。

他居然如此遵守诺言，我却不知道该高兴还是难过。

鞭长莫及。

整个高三上学年，是以从未有过的飞快速度从我耳畔倏忽消失的。

直到我在期末考试的语文试卷上看到这个词语，题目是辨别下列成语的写法是否正确。

鞭长莫及，鞭长莫及。

我想起曾在醒醒家的阁楼里和她一人一只耳机同听过的歌曲，应该是那个从天中走出去的出名歌星，她用好听得无法形容的嗓音唱道：你在很远的地方，思念它鞭长莫及，我在漆黑的夜里，听过的每一首歌曲，说的都是啊，关于爱情的道理。

往事从已经忘掉旋律的歌里固执地飘出，我握着深蓝色自来水笔的右手指尖忽然如同被针刺到，感到仿佛幻觉的一阵痛。自来水笔从手中掉落，一下子滚到地上。我慌忙去捡，可又不慎从座位上摔了下来，简直狼狈至极。

整个考场里的男生女生，都发出了轻轻的笑声。

我站起身，急得满脸通红。陌生的老师走到我身边，替我捡起地上的笔。

我猛然一回头，视野里白茫茫一片。

这里谁也没有。

哦，我忘了，这里不是天中。这里没有醒醒，没有米砾，也没有他。没有人关注我的喜怒哀乐，即使丢人，又何所惧？这里只是我的高三语文考试考场，我看到一个叫"鞭长莫及"的词语，忽然灵魂出窍，记忆差一点就决堤涌出。还好我控制得体，才不至于未能完成全场考试。

感谢那一刻，让我深深地明白，原来人根本无法和自己的记忆说道别就道别。埋藏在心里的往事，反而更容易生根发芽。对于他而言，也应该是这样，如果他真能彻底忘掉我，是不是代表以前的一切都只是属于我米砂一个人的幻觉呢？

所以，我这次去找他，除了单纯的说不出口的想念之外，还有点按捺不住的算账意味。另外，如果米砾说的那个"天大的秘密"是真的的话，我们还有多少时间去后悔或者怀念呢？

而现在，他就站在我的面前。

他刚刚从食堂出来，像是变瘦了些，头发更短了。下巴上似乎还有点胡茬没有刮干净，还是他故意如此？他穿着一件黑色羽绒服，略显臃肿。都说男生到了大学就会变得邋遢，路理也是这样？

我有点儿沮丧。

不过我发誓，看到他的第一眼，我所有的不快和怨恨都被他看着我的眼神融化了。谢天谢地，他没有认不出我。他好像一点也不感到意外，只是微笑着，用略略提高的声调说："你来了？"

那一刻，我的眼角有些泛潮，但我不想让他发觉。于是很用力地笑着走过去，说："是。你没有惊讶？难道我没有变得更漂亮？"我努力开着蹩脚的玩笑，情不自禁走上前替他接过他手中褪色的小猪饭盒。

他没有阻止我，而是默默跟在我身后，却不上来和我并排走。

我故意走得慢些，他好像走得更慢。

我忽然又恨起来。我对他的想念，他其实一直就心知肚明吗？还是他真的只把我的到来当作一次普通朋友的造访，因此，不值得大惊失色，不值得兴师动众？

这些小气兮兮的想法，我自己也知道很没有道理，可是，它们就像雪花一般在我的头脑里上下翻飞，让我一句话也说不出来。

我们走着的这条路，是他们学校最主要的一条通道，道路两旁栽着的梧桐树，现在都掉了叶子。一切都是那么灰扑扑，让人打不起精神。我们的身边，也不时有拿着饭盒的学生经过，有的人甚至会大声跟他打招呼，开玩笑地叫他："嘿！路导！"

看来，他在这所学校里也是一个小小的名人呢。

"路导？"我轻声地、几乎是无意地重复着这两个字。

他笑了，居然有些腼腆："现在这个学校也有个话剧社。我刚导演了一个话剧，反响还不错。"

是吗？也有一个话剧社？看来他的记性并不差，也许这只能说明，他想起我的时间太少太少了。

"大学生活一定很有意思吧。"我看着自己慢慢移动的脚尖说，"你还和以前一样忙碌，一样受欢迎。"

他却没有接腔。

"下雪了。"他忽然说，"你冷吗，米砂？"

我万万没有想到，这半年里我们的分别，并没有使这重逢的场面显得更加难得和感动。至少，我在路理的脸上没有看到这种狂喜。又或许，是我太拘谨了？

我下意识地点点头。很奇怪，已经是春天，天空居然又毫无征兆地飘起了微雪。我只穿着一件羊毛的薄大衣，开始感到一阵刺骨的寒冷。

他伸出手，轻轻地把我衣服上连着的帽子拉上来，覆住我的头顶。我们又一次靠得很近，他还是那么懂得照顾我，连拉帽子的动作都那么轻，末了还轻轻掸掉了我额前刘海上的雪粒。我有些羞涩地张望了一下左右，幸好并无人注意我们。我这才想起来，这是在大学里。我们并不需要害怕什么，不是吗？是啊，等我读了大学，我就可以和他拉着手去公园、去电影院甚至去天中，我们再也不怕被人看到。

真是太棒了，不是吗？

想到这个，那些相思的苦简直算不上什么了。

他好像注意到了我兴奋的表情，提议说："去我那里坐坐？"我想也不想就开心地点点头，然后，我一下子拉紧了他的左手。

有一刹那，他的笑容凝结在脸上。

但我宁愿认为这是幻觉，因为最终，他没有推开我，而是反抓住我的手，轻轻地，牵着我走出了校园。

就好像高二暑假时，他曾在夜晚这样牵着我的手和我一起散步一样。

我庆幸我没有问他为何不住宿舍。那种上床下架的该死的宿舍构造，我实在是太了解了。关于他的腿，我从不在他面前主动提起。时间久了以后，我能做到瞟也不瞟一眼。

甚至很多时候他提起，我也绕开这个话题。

不知道为什么，每次一说起这个话题，我的心就好像被小虫子咬掉了一小块，忽然要命的疼。

如果我都这样疼，何况他呢？

他住的地方，其实离学校不远。我们一起走过一条七歪八拐的小巷，在一栋小居民楼的一层，他掏出钥匙，打开了门。

他掏钥匙的时候，也顺便松开了我的手。我的手上仍然留着他手的余温，这一次，我机灵了不少。在他打开门之后，我就轻快地跳进屋内，自己给自己先搬出一张椅子来，就放在他的写字台前另一张椅子旁边，准备坐下。

他费力地跨进门槛，顺便带上门。

我转移视线，环顾着四周。这间小小的屋子，收拾得一尘不染。干净的写字台上放着一台老式的电话，我好奇地凑近看看，一边问："你还用原来的手机号么？"

"嗯。"他点点头，似乎因为我忽然搅乱了他私人空间的平静气场，显得有些不安。我不管那么多，继续四下打量，让我诧异的是，在整洁的书桌上，除了电话、书、碟片和他的DV，居然还摆着一只烟灰缸！那只烟灰缸里，居然还剩着几只抽完的烟蒂！他居然学会抽烟了？

"那，不是我的。"注意到我的惊讶，他有些尴尬地急步走近，伸手把那只烟缸推到了一排书的后面。

"哦。"我轻声说。

"不知道你要来。"他有些尴尬地说，"我这里没准备饮料，只有喝白开水。"

"不喝。"我摇着头说，"我不渴。"

"对了，我有巧克力。"他弯下腰，开始在柜子里寻找。

唉，难道在他的心目中，我是这样一个要吃要喝的小朋友么？还是，我只是一个客人，他必须要维持这种礼貌？

敲门声就在这时候响起来。

"我去开门！"我几乎是跳起来。

我的第一个念头居然是：莫非，米诺凡一直在跟踪我？

事实证明了我是神经过敏。门外站着的，是一个女孩。

我是迟疑了一秒才断定她是个女孩，因为她穿着宽松的灰绿色格子的大衣，剪着比男孩还要短的短发。只需要一秒钟我便判断出，她和我不是一个类型的。她皮肤很白，身材比我还要高一点，蹬一双蓝色帆布鞋，有些男孩子的帅气。

特别是她的一双眼睛，居然有点像孙燕姿。和她一比，我那一直没空修理的长发，倒显得老气横秋起来。

"路理，来客人了？"她一说话，声音却出奇的细弱，完全和她的长相不相符，一双大眼睛弯成两片细长的柳叶，温柔得让我想咬一下自己的舌头。我看着她径直走到房间一角的饮水机旁，轻车熟路地拿起一个纸杯，弯腰接水。

"喝杯水？"她端起杯子，对我伸出长长的胳膊。

我摇摇头。其实，我是觉得有些渴，但是看她对这个地方的熟悉，还有那种自然而然把自己当作女主人的神气，都让我的心里有些小小的不爽。

"你是米砂吧？"她忽然叫出我的名字，吓了我一跳。

看得出，路理也有些诧异。

"你们认识？"他问。

"哪有。"这个女孩自己仰头喝了一口杯中水，在我给自己搬的椅子上坐下，缓缓道来，"因为，我去过你以前高中的论坛，在你们学校的论坛上看见了你和这位米砂小姐合演音乐剧的剧照。仅此而已。"

说完，她一仰头，把杯中的水喝尽，又用亮晶晶的眼睛看我。

不知为什么，我不喜欢她看我的眼神，于是很别扭地别过头去。

她没有强求，连尴尬的时间都没有，就低头在随身背的大大的帆布包里翻弄起来，掏出来一卷裹得严严实实的塑料袋，对路理说："我给你送带子来了。"她没有等路理接，就把带子随手放在了书桌上，这样一来，她就看到了书桌上那个烟灰缸。

她端起它，口中轻轻地"哎呀"了一声，一脚踩在桌子底下那个脚踏式垃圾筒的开关上，把它倒了进去。

这一连串的动作说明了两个道理，第一，那是她留下的烟蒂；第二，她对这里不是一般的熟悉。

我不知道我心里的想法已经偷偷侵占了我的表情，以至于那女孩转身来看着我时，表情有些抱歉。

"我叫陈果，是路理的助手，认识你很高兴。"她诚心诚意地对我微笑，我这才意识到自己的脸色很难看。

我伸出手，慌乱地握住了她伸出的手，"你好，我是米砂。"我好似背书一般说。

"陈果，"路理终于说，"你要不要再坐一下？我把我们拍的东西给米砂看。"谢天谢地，虽然他说"我们"，但是他还是要赶她走。我的心里忽然一下子冒出这莫名其妙的无礼想法，连我自己也不敢相信。

"不了。"她仿佛洞悉了我的思想，果断地站起身来，把自己的帆布包重新背好，摆着手说："你们老朋友慢慢聊，再见。"

那句"再见"一定是同我说的吧，不然为何她对我挥手道别。

最叫我心悸的是她好像是故意露出一截胳膊，那上面有一个小小的文身，等等，是只蟹子？我注意到了。

路理是巨蟹座！

我也伸出手，大脑一片空白地对她挥了两三下，看着她在门口低头点燃一支烟，匆匆离去。

她终于走掉，转瞬之间，这间小屋里又只剩下我和路理两人。

我的心里立刻升起一团一团的怀疑和千万个为什么，但我把它们通通压了下去。我望着门口很久，才终于练出一个完美的微笑。

我似乎能听见自己不安的呼吸，可我庆幸我笑着。"她是个不错的女孩……"我嘟嘟囔囔地说，不知道自己为什么会突然说起这个话题，"作为导演的助手，一定是很称职的哦……"

"米砂！"他打断我。

我猛地抬起眼睛看他，可是，我看不清他的眼睛。不，这不是因为我们之间已经变得陌生，而是因为那双眼睛里，此刻忽然涌起那么多那么复杂的感情，有疼爱，有不舍，有拒绝，还有那么那么多，我们都不愿面对的回忆。

"米砂，谢谢你。"他说，"也谢谢你来看我。"他一边说，一边走到门口去，"雪已经停了，你快走吧，我还有点别的事要去忙。"

你快走吧。

原来我和那个叫陈果的，是一样被赶走的命运！我没有拒绝，也没有表示反对，我当然更不会蠢到留下来看"我们"拍的那些片子，于是，我低下头，轻轻地噢了一声，拿着我的包，走出了他的家。

米砂，谢谢你来看我。

在离开他家的时候，他的这句话，就像一把重锤，反反复复地敲打着我脆弱的神经，不得安宁。

全世界，是不是只有我能懂得这句话是什么意思？

在那个我宁愿付出生命中一半的时间来换取它的消失的那个下午，在醒醒的爸爸去世的那个下午，当他跟在狂奔的醒醒身后，冲向外面的车流时，我下意识地紧紧地抓住了他的手！在那电光石火的一瞬，我爆发出了惊人的力气，他居然无法挣脱。

"米砂！"他回过头，低声地对我吼了一句。那一刻，我看到他的眼睛，就好像刚才一样，混合着厚重得难以言喻的情感。是责备？是恳求？还是早已经了然于心的告别？而我，终是怔怔地松开了他的手，然后耳中便响起尖锐的刹车声、女生的尖叫声，还有许琳老师大惊失色的哭喊声。

那一刻，时间停滞。

时隔数月后的今天，我仍然不敢问自己，如果让我再次选择，在好朋友和最爱的男生中间，我会选择谁？我又应该选择谁？

最正确的选择，应该是我自己冲向醒醒，让所有的伤口和痛楚都冲着我来，不是吗？

在那只小小的沙漏底上，那么清晰地刻着：Please be brave。这是她对我唯一的期望。十八年来，我一直一直朝着她的期望努力，但是，当真正的考验到来时，我却不够勇敢。

醒醒，你也是因为这个，才不肯原谅我的，是吗？

雪真的已经停了。可是，我抱着双肩走在路上的时候，还是冷得发抖。

"嗨！等一等！"我忽然听见背后有人叫，"米砂，请等一下！"

我回过头，果然就是刚才那个叫陈果的女生。

离开了那个令人窒息的小屋子，冷风叫我冷静了不少。她站在我对面，不知道为什么，到了室外，她的五官看上去平凡了许多。我放下戒备地问："有事吗？"

她把烟头掐灭，说："你还回来找他干吗呢？"

这样突兀的问题！按我从前的脾气，我决不会继续维持礼貌。但此刻，我却有意沉下心，没有发作，而是回答："不关你的事。"

"我等在这里，本来是想对你解释，"她回避我的问题，"可是看你刚才推门出来的表情，我猜得出，你们似乎分手了？或者，你压根还不是他的女朋友，至少不算，对不对？"

她的微笑能力不比我差，看得出来，显然长于此道，可惜她比我个子高，看我的表情就胜一筹。再加上，她接下来做了一个出格至极的举动——伸出手来，摸了摸我的头顶。

我愣在那里。然后我听见她缓慢而清晰地说："米砂，你还在读高三，对吧？成绩很好是不是？将来准备考到北京亦或上海？你是指望用你家的宝马车载着他去美国装最新科技的假肢吗？或是干脆立志当个外科医生，如果不成功就和他天涯海角私奔去呢？你真的舍得连前程也不要了？还是让你本来就不完整的家再缺上一块呢？难道你不知道，自他断腿的那刻起，你们已经天涯永隔了？无论谁迁就谁，不都是同一种残忍吗？假装看不到，就会自己消失吗？有些问题视而不见，心里就会永远安宁吗？或许那样想的人，只是你米砂吧。"

她一口气说完这些话，几乎没有停顿，可是字字珠玑。

惶惶白日，我如被一支利剑刺穿脊背，呆呆怔在原地。

她知道的，何止一点点？！谁告诉她这些？最可恨的是，我连骂她都不能。因为，所有的这些话，她说得没有一丁点错。

关于我的生活，我的一切，她了解得如此清楚，显然是做足了功课。而这些信息我相信网上不可能查到，一定是路理说给她听的，不是吗？

不可能！我使劲地摇摇头。而陈果有些语重心长地叹了口气："米砂，话我已经说得很清楚，虽然我知道你们之间可能曾经有过不错的感情，但是，如果你真的好心，就远离他，不要让过去的一切打扰到他，OK？"

我脸色苍白地问："是打扰吗？"

她果断地点头。

"是他说的吗？"

她再果断地点头，然后说："他说了要忘掉过去所有的一切，从零开始，他刚刚有了信心，请你不要那么残忍，再用你所谓的爱心将他拉回沉重的过去，你说呢？"

她的语气不再像刚才那么尖锐，我甚至听出一点点请求的味道，也听出了爱的味道，她是为他在请求我，不是吗？她没有参与他的过去，她爱上他只因为他是今天的他，所以，她真的比我更有资格，不是吗？

手臂上的纹身，和舞台上的女主角康晓暮，到底哪个更加难以磨灭一些？

我低下我的头，转过身，失败地离去。

骄傲的米砂，你必须承认这种失败，不是吗？

第二章　左左

不知道从何时起，我渐渐喜欢上没有月亮的晚上，在宿舍里，点着一盏不算亮的台灯，伴一两只蚊虫的低鸣，复习到困乏之极，然后沉沉睡去。这样的夜多半是没有梦的，即使有，也短暂而模糊，可以忽略不计。

人心里一旦平静，目标就变得唯一，时间就会过得飞快。那年的冬天像作文里的一个小逗号，一顿即逝，转眼就是春天。这是个人心惶惶的春季，我们居住的小城开始流行一种疾病，轻则感冒，发烧，重则住院甚至死亡。米诺凡不再让我和米砾住校，规定我们每天回家，吃维C片，喝白醋，饭前把手洗了又洗。不知道是不是受了传染病的刺激，他变得异常婆妈，相同的话重复四五次算少，七八次不算多。有天半夜起风，他还来替我盖被子，在我们父与女的记忆书里好像从来就没有过这样温情的一章，我转过身装睡，却心潮起伏，差不多快天亮才闭眼。这还不算什么，让我跌破眼镜的事情一件接一件。

先说那晚，我和米砾正在书房的电脑上查资料，忽然听到敲门声。

我和米砾转过头，本来就虚掩着的门口，一只脚已经透露身份的米诺凡正故作骄矜地等待着，然后，他仅仅把脑袋探进来，挂着一脸"全心全意为子女服务"的太太牌抽油烟机式笑容，对我和米砾说："晚上有球赛，赶紧下来吃东西！"

说罢，他在门口一闪就飘走了。留下握着一支自动铅笔放也不是，不放也不是的米砾，用惊叹且不容置疑的语气说："他，恋爱了？"

在米砾的脑子里，恋爱是改变人最有效的武器。

事情还没有结束。

等米砾和我一前一后地走下楼梯，迫不及待地走进厨房时，才是米砾夸张综合征真正发作的时候。

当他轻轻推开厨房的玻璃门，吓得身体后倾，连跳三步，就和当年他看到米诺凡拎回一双他最喜欢的球星限量款篮球鞋时的样子如出一辙。

我迟疑地迈进厨房，只见米诺凡先生，围着李姨的碎花围裙，手里端着一个大大的瓷钵，面带微笑。他用一种热情洋溢的语气招呼我们说："来，尝尝我做的木瓜莲子羹！"

"哦。"我应着，坐在惊魂未定的米砾身边。虽然没有像他一样表现出来，但我的心里早已经排山倒海。木瓜莲子羹！如果我没有记错的话，那是妈妈最爱吃的甜品，夏天的时候，她穿一件图案已经模糊但绝对是真丝材料的短裙子，把木瓜莲子羹从冰箱里取出来，埋下头深深地一嗅，对我说："要不要跟我一起尝尝？"

对甜食向来反感的我，每次都会情不自禁地应允。

在吃的过程中，她会问我："甜吗？"我都摇头，因为，真的不甜，她从来不放糖，木瓜本身的香味替代了甜腻的冰糖，让我喜欢到心里去。

现在想来，她在我心里这么多年仍然经久不衰的魅力多半是来源于她天然的宽容心吧。她待我如成年人般尊重，从来不哄不骗，征询也从不霸道。所以，她才留下那样的句子给我，不是叫我要懂事、学乖。

她只是叫我勇敢，如此而已。

米诺凡做的木瓜莲子羹没有勾起我对那碗冰凉透彻的莲子羹本身的眷恋和回忆，它是热的，且放了冰糖。

它们不具备一模一样的口味和默契。但这一切，不妨碍我吃一口进嘴里，眼泪已经在眼眶里打转。

我说："我去洗手。"便放下勺子，逃离了厨房。

我没有让眼泪流出来，我只是在洗手间里照了照镜子，对自己挤出一个微笑。

没错，我长得和她如此相像。有生以来，我第一次这样假设：如果，她真的死了，那么她的灵魂会在这座房子里陪伴我们吗？她会低下头，深深地嗅一嗅米诺凡做的木瓜莲子羹，然后对我说："米砂，甜吗？"

她会吗？

我洗手洗了很长时间。

我是如此地憎恨回忆，没猜错的话，我和它一定有仇，每一个和"回忆"有关的细节，像毒素一样缓缓释放，随着血液流至全身，躲也没法躲的痛。最要命的是，这种痛只能自我消化，不能让别人看出半分，或许这就是倔强的代价，我天生如此，活该受罪。么么，你也是这样的一个人吗？如果真的性格决定命运，我会不会和你一样，从此一辈子就栽在那些心狠手辣的人手里呢。

是的，心狠手辣，米诺凡是，他也是。

或许，男人都是。

我洗完手，走回餐桌旁坐下。饭前吃甜品，而且是这一道，不知道米诺凡葫芦里卖的到底是什么药。米砾已经又弄了一碗在喝，一面喝，一面玩他的好记星，他最近对英语口语迷到爆，上厕所时还灵魂出窍，在同一屋檐下居然还打我手机问我"washroom"和"toliet"有啥区别，虽然他还是那个以"烧钱"和"臭屁"为关键词的米砾，但是爱情真伟大，让我没想法。他就要见到他的蒙小妍，我却离某某男越来越远。比起拿腔拿调的英文来，还是中文更有意思得多，所谓风水轮流转、有人欢喜有人愁、世事难料、三十年河东三十年河西，说的统统都是这个意思吧。

饭前，米诺凡用很轻松的语气宣布了一件在我们看来天大的事："移民的事办得差不多了，至于高考，我是这样想的，考不考都随便你们。"

在我和米砾面面相觑的刹那，整个世界都变成了轻飘飘的海市蜃楼。

我的耳朵嗡嗡乱响，如果我没有听错，如果这句话真的是米诺凡说的，我觉得今天的他简直就是向过去的那个他啪啪啪毫不留情地打了无数个大耳光。要知道，米诺凡对我和米砾一向是严格要求到天理难容的地步，怎么可能任由我们到最后关头了反而落得个如此轻松自在？

"反正到加拿大上大学，还是要考SAT。不需要国内大学的文凭作依据。"米诺凡说，"我联系好了雅思班，过阵子就送你们去读，不过也不要有啥压力，其实都不难。"

米砾的喉咙里发出低低的一声闷响，不知道开心还是不开心。

"等你表态呢，米砂。"米诺凡提醒我。

"哦。"我说。

米诺凡忽然笑了，然后说："我还以为你会跳起来，说你不愿意出国，跟我来场终极PK呢。"

终极PK（决斗），他居然连这样"潮"的词都用上了！

米砾笑得像被谁装上了震动器，我把自己的木瓜莲子羹喝了个底朝天。碗盖住我的脸，这样我的表情他们就看不见了。

我才发现原来在米诺凡的心中，我一向都是"对着干"型的呢。但关于"移民"这件事，我觉得我还是三缄其口比较好，在我的心里未曾得出定论前，我可不想跟他过不去。

"米砂会走的。"米砾头也不抬地说，"这点我老清楚了。"

这家伙不说话一定会死！我把手里的碗重重地放到桌面上以示警告。可惜米砾一点儿也不怕我，继续胡说八道，甚至朗诵起诗句："离开这座伤心的池城，她将是高高飞起的鸟……"

我觉得米诺凡应该把他再吊起来抽。可惜那个暴戾的米老爷不知道何时已经悄悄地改了个性，他只是笑笑地看着他，然后拍他的头一下说："儿子，有兴趣的话，来看爹烧糖醋鱼。"

"李姨呢？"米砾问。

"等流行病过去了再让她来。"米诺凡说，"怎么，不相信我？"

"不不不不不。"米砾那个马屁精把头摇得飞快，"只是不习惯。"

"什么都会慢慢习惯的。"米诺凡说完这句话，意味深长地看了我一眼，转身走向了料理台。

米老爷虽然个性改了，但余威犹在。所以虽然我一点也不饿，但我还是坐在那里乖乖地吃完了一顿极度无味的饭菜。

我敢说，他连盐和味精都分不清楚。

当然，聪明的我什么都没有说。

半夜十二点，米砾准时来敲我的门。这种事最近常发生，我见怪不怪懒得应声。反正门也没锁，他敲了两下就自动走进来，拧亮了台灯，肥大的身躯往我写字台前的凳子上一摊说："真被他惊到了。"

"我也是。"我说。

"那你考不考？"他问我。

"不知道。"我说。

"你说……他这样抽风，是不是真的恋爱了？"

"不知道。"我说。

"你想你后妈是什么样？"

这回我连"不知道"三个字都不想说，只是白他一眼表示回答。

"你看过《简爱》吗？"他一面问我，一面从屁股口袋里掏出那本被他搞得皱巴巴的书。我知道那是他最近在看的英文版《简爱》，还有《红与黑》《基督山伯爵》等一大堆名著，一看就知道是蒙小妍推荐给他的。米砾的骨气在女人面前从来都是不作数的，这次尤甚。我敢发誓他已经忘记他初中每次英语不及格时发表的至理名言：

"有生之年，艾薇儿会为了我学习普通话。"

我暗自偷笑，表面还是"嗯"了一声。这种书，小儿科！初中那阵子想当文艺女青年的时候我就读过了，现在的我生活里压根没有阅读这一项，要是有空，我宁愿上网看娱乐新闻，故事里的事，哪有网页加图片活色生鲜。我算是80后没救的一代中的典型加先锋。

"我问你读没读过！"他好像有点急，声音也放大了。

"读过了！"我不耐烦地答他。

"我忽然有种想法，"米砾站起身来，把书放到写字台上，把双手放到我肩上，俯下身来，眼睛望着我，用一种神秘的语气低声说道，"我觉得你娘可能没死，她也许是疯了，或者被米诺凡雪藏了。"说到这，他站起来，两眼放光，道出了他幻想中的精华："他对她的爱已经到了一种发狂的地步，不想让别人占有一分一毫，连她对你我的爱他也会嫉妒得不可自拔，所以，他只能把她关在一个暗房里，只有这样，她才能属于他一个人！"

"别把你亲爹亲妈想成你和蒙小妍。"我被他说得寒毛直竖，必须刺激刺激他，于是我把脸凑过去，鼻子就要贴到他鼻子，"深更半夜胡说八道，小心我娘听见！"

这一招果然奏效，他吓得手从我肩膀上缩了回去。

"我要睡了。"我说。

"聊聊嘛。"他还是不肯走，反而在我床边坐了下来。我这才发现他穿了一件古里古怪的T恤，白色的，胸前一只张牙舞爪的大猴子。见我端详他，他来了劲，指着自己问："怎么样，帅不帅？"边问还站了起来，摆了一个自认为相当拉风的pose（姿势）。

"蒙小妍指点的？"我懒洋洋地问他。

"限量款，淘宝网上秒杀的，放出来就没了，我三分钟内刷新数百次才抢到手，怎么样，女生会不会喜欢？"

"抱歉，我不知道蒙胖胖的口味。"

"她瘦啦。"米砾看着我摇头说，"米砂，像你这样自暴自弃的女生，已经没资格再批评她了，不信有照片为证。"他一面说一面掏出手机，献宝一样端到我面前。

我定睛一看，那个手机屏上清清瘦瘦的女生真的是蒙胖胖么？她头发剪短了，下巴也出来了，要不说，我还真认不出来了。

"怎么加拿大流行整容吗？"我不屑地说，"要不就是ps（图像处理）美女，不可信。"

"你这是嫉妒。"米砾把手机收起来，手指做个"八"字摆到下巴下面，"哈哈，我忽然想起一件事，她老说我长得像陈冠希，你觉得呢，像不像？"

噢，看看眼前这个家伙，嘚瑟的都快摇起来了。真想不到加拿大这么开放，蒙胖胖没去多久就有如此豪情，拿自己的男朋友跟陈冠希比。我正想着该如何回答的时候，米砾又拿那该死的手指头指着我，"哈哈，米砂，你一定在想那些不健康的东西了，是不是？告诉我，有没有在网上偷看过啊？哈哈哈。"

"滚啦！"我一面喊，一面做了世上最老土的事，把枕头扔到他身上去。他弯腰把它拾起来，下意识地拍拍，把它放到我怀里，"妹妹，不要动不动就发脾气。告诉你一个好消息，蒙小妍跟我说，加拿大帅哥一堆一堆的，你别愁着嫁不出去，整天惦着他。"

"胡说什么呀。"我低声抗拒着，不愿意被他看出我的心事。

"我能听出你语气中的哀怨。"他胸有成竹地说，"不过对你来说，一切都要有个过程。你需要时间。"他不知道从哪部电视剧里学到的这套百变安慰理论，还给我安上了"哀怨"之名，我一刹那就变成窦娥了，一种有苦也说不出的感觉，差点没冲死我自己。

他走到门口，又回转身，替我把窗户关上，回过头来对我说："米二，求你一件事好不？"

"说。"

"明天的晚饭你做吧，我今天都快吃吐了。"米砾说完，朝我眨眨眼，关上门走掉了。

我关掉台灯，人缩进被窝。手伸到枕头下面，拿出我的手机，我的手机放在这里，已经有好多天都没有打开过了，我打开它，还好有余电。我拨了一个熟悉的号码，正犹豫着接通后到底说些什么的时候那边想起的是一个欢快的女声："喂，谁找路理？"

此时此刻，墙上的指针指向十二点十三分。

看来，我又自取其辱一次。

醒醒啊醒醒，你要是知道，会不会觉得特别解气？还是，你还愿意心疼我，在心里悄悄地怨我傻呢？

连电话都交给别人接管，明知道是我的电话也要让别人接，到底是什么意思呢？太把自己当回事了，有这个必要吗？如果是朋友，难道连联系都不可以有吗？其实就算联系一下，又会怎么样呢？难道我还会吃了你吗？

好吧，好吧，算你狠。

我也要有我的幸福，哼哼哼。

我彻底关掉了手机，专心迎接考试。虽然米诺凡早就给我们传达了不必辛苦备考的旨意，但让米诺凡吃惊的是，我和米砾最终都选择了参加高考。

也许是没有压力的缘故，我们反而都超常发挥，取得了不错的成绩。这让米诺凡多少有些春风得意，他得意的最大体现就是不停地替我们买新衣服新鞋还有新包。米砾很受用这一招，动不动就把他的个性奢华照发彩信到异国他乡去炫耀一把，不过这些对于宅女砂来说，就没什么作用了，我连大门都不出，拿这些玩艺有何用呢？

夏天的时候米砾好像又长高了，有一次他刚理了发，穿了一件白衬衫，从后面看过去我差一点把他认成了米诺凡。而米诺凡却穿得一日比一日年轻，西装脱了，主打休闲路线，去打高尔夫的时候还戴顶帽子，我就天天被这父子俩的新造型惊得不轻。

这应该是平生最百无聊赖的暑假，除了去参加一个课程不多的雅思班，大部分时间我都呆在家里上网、看碟或是弹琴。那天我难得出门，是出去买新的琴谱和我必须用的一些洗浴用品，回到家里，就发现家里来了不速之客，是个女人，看上去二十多岁，穿一条CHOLE（蔻依）的经典黑白裙，一个FENDI（芬迪）的拎包放在身边，微卷的长发，精致的脸庞。我进门的时候，她正一只手捏着米砾的脸。

我已经很久没看到过有人把手放在米砾脸上了，在蒋蓝之后，米砾小朋友似乎很少得到这种宠幸了。

凭我天生敏锐的直觉，已经闻到空气中有了一种暧昧的酸味。哦，我的天。难道这家伙不知不觉中玩起了姐弟恋？

"噢，米砂你回来得正好！"米砾见我，赶紧抓下那个美女白皙的手，满脸通红声音急促地说，"我有急事正要出门，麻烦你接待一下这个姐姐。"

"谁？"我用尖利的眼神问。

"哦，这，这是米老爷的朋友。"米砾说完，风一样经过我身边，急匆匆地套上他的运动鞋，人在半秒钟内消失得无影无踪。

什么情况？米老爷的朋友干吗去捏米砾的脸！

我脑子还在反应之中的时候，只见沙发上的美女站了起来，朝我微微一欠身说："米砂，你好。"

她知道我的名字！那感觉，好像我们早就相识。

"你好。"我赶紧礼貌地回应。

她说："我有点事找你父亲，他的电话一直没人接，所以我没打招呼就自己找上门来，真是打扰了。"

"我爸，"我说，"难道他不在家吗？"我伸头往楼上看看，米诺凡最近上班也不忙，这个时间应该到家了才对啊。

女人摇摇头，表情失望。

"这样啊，"我说，"那我给他打个电话，你叫什么名字，我该怎么跟他说？"

"你就说，左左找他，左边的左，谢谢你！"她看上去像松了一口气的样子。

原来她叫左左，名字不错噢。

我打米诺凡电话，很奇怪，转了小秘书，我就留了言，告诉他家里有个叫左左的客人等，让他开机后打电话回家。做完这一切，我就不知道该如何招呼她了，接待一事我一向不擅长，这么多年来，米诺凡的朋友基本上都没来过我们家，更何况是这样一个年轻的女子。见我有些发呆，她指着墙角的钢琴问我说："这琴喜欢吗？"

"还行。"我低调地说。

"是我陪你爸去挑的。"她说，"当时最贵的一款，你爸为你可真舍得。"

是吗？她这么说，是要提示我她跟米诺凡的关系非同一般吗？

就在我思考这个艰难且意味深长的问题的时候，她已经坐到了钢琴边，当她的手指在琴键上滑过，音乐流淌到整个屋子里的时候，我简直惊呆了，和她一比，我觉得我真是太丢人了，这辈子再也不用碰钢琴了。

她真的弹得一级棒。

一曲终了，我走到她身边，轻声问："这是什么曲子？"

她答非所问："你爸爸最爱的。"

"你是？"原谅我实在忍不住的八卦之心。

"我是左左。"她说。

正在我抓狂的时候，手机里传来了一条信息，我一看，是米砾的，信息内容是："你老豆（老爹）命令你把那个姓左的哄走，今晚不做饭了，我们在圣地亚西餐厅等你，欢迎光临，切记，老豆行踪机密机密再机密。"

啊！

"哦，是这样的。"我把手机塞进口袋，恍然大悟地对左左说，"我想起来了，我爸好像说今天要出差，没准现在在飞机上呢，所以电话打不通。"

"不可能。"左左说，"我问过他秘书了，最近他都不出差。"

呀，原来是有备而来。

"临时决定的吧。"我并不擅长撒谎，强装镇定，"短差，短差。"

"短差需要坐飞机吗？"她脑子转得可够快的，看来智商不低。

"我是说短时间的出差，不是短途的出差。"斗嘴是我长项，我可不想输给这样一个莫名其妙从天而降而且对米诺凡明显有不良企图的女人，尽管她的琴弹得真的好得没话说。

"呵呵。"她笑，"果然是虎父无犬女。"

我再次认真地打量她，她最多不过二十五岁，身材一般，喜欢名牌，擅长自作聪明，看到成功男士就加紧巴结也说不定，都市里有很多这样的女子，她一看就和米诺凡不是一盘菜。会弹琴又有什么用，再说了，妈妈的琴弹得也是一级棒，最后的最后呢……

再者，凭米诺凡对她的态度，她一定不是知书达理的类型，否则，撵个客人罢了，堂堂米总也不必靠躲吧？

看这阵仗，我已经得出强有力的结论：洗洗睡吧也许是她的唯一结局。

"他很久不见我，我只想跟他说几句话。"她哀怨地对我说。

我对米诺凡的风流事不感兴趣，而且，我也不能想象自己有一个如此年轻的后妈，因此，我什么话也没说，用比她更哀怨的眼神看回她。

当一个人让你无语的时候，你就用无语来回应，效果有时远胜过张嘴胡说。

谢天谢地，我赢了。

她终于离开了钢琴，走到沙发边把她的包拎起来，再走到门边换上她的高跟鞋。在她离开我家的时候，她转过身无比优雅地丢下一句话："麻烦转告米先生，我会找到他为止。"

我一时没弄明白，这是威胁吗？

老天，米诺凡到底欠她情，还是欠她钱呢？

估摸着她走远了，我才换了一身衣裳出门，没想到那天晚上打车出奇的难，米砾一个短信一个短信地催，搞得我心烦意乱。当我赶到圣地亚的时候，米砾已经吃完了他的牛排，正在悠哉悠哉地喝他的咖啡。噢，看来他要做假外国人的心早已如滔滔江水一泻千里永难收回了。而米诺凡表情平静地在喝红茶，并不理会有人为了找他正要死要活。

我忽然为那个叫左左的女孩感到莫名的不平。

"你自己点。"米诺凡说，"这里的甜点特别好。"

他忘了我最怕吃甜点，或许他根本就不知道我不爱吃甜点。我一面翻着菜单一面低声问他："爸，你关机了？"

"哦。"他说，"手机没电了。"

"有个叫左左的找你。"

"哦。"他说。

我装作若无其事地问："她干什么的，琴弹那么好？"

"学这个的吧。"他说，"好像是音乐学院毕业的。"

他用"好像"这个词，我觉得有些好笑。不就是想告诉我连对方的底细都很模糊，关系这一层更是谈不上吗！噢，其实他这把年纪了还有人追，而且是小姑娘追，是件值得骄傲的事，完全犯不着这样遮遮掩掩的。

当然，至于那个叫左左的妞为什么会把手那样放在米砾的脸上，我还是很想借题发挥一下，以报米砾把烂摊子丢给我之仇。

这样想着，我趁米砾不注意，用手狠狠地摸了一把他的脸，说："哇噻，哥哥，你的脸好滑哦。"

他立刻没好气地丢开我的手，涨红着脸回应："去你的！她在指导我保养好不好！"

"什么？"我装作听不明白。

"噢，懒得理你！"

米诺凡喝着他的红茶，全当我们在打哑谜。

我对气急败坏的米砾眨眨眼，微笑着点好了我的餐，可是，当我把菜单还到侍应手里的时候，轮到我气急败坏了，因为，我惊讶地看到了站在餐桌边的左左。

"米先生，"她挽着她的FENDI包包轻声地问道，"介意我坐下吗？"

这个阴险的女人，她，居然跟踪了我。

虽然早就知道，我老爹米诺凡是一个非同凡响的人物。可是，他对女人的狠，却是我想也没有想到过的。面对着自说自话坐下来的左左小姐，我完完全全没想到的是，米诺凡竟然把他的卡丢给我，只留下冷冷的一句话："米砂，买单。"就带着他的儿子扬长而去。

这演的是哪一出戏？

我以为左左会去追，去纠缠，谁知道她没有。她只是静静地坐在米诺凡坐过的位子上，僵着背，好像还微微地笑了一下，然后我看到她的眼泪很汹涌地无声地掉了下来。看着她这样，我的心忽然像被谁用指甲剪剪去了一小块，不算很疼，却再也没法齐全。哭了一会儿，她开始发抖，她用双臂抱住自己，努力想让自己镇定一些，可是一切都无济于事，她的泪更多更多地流了下来，像老式言情片里悲情的女主角。

我从座位上弹了起来，追到外面。我想劝米诺凡留下来，有什么事跟她说清楚再走。可是，哪里还有米诺凡的宝马730的影子。我没办法了，只能再回到餐厅坐下，递给那个泪人儿一张纸巾，苍白地安慰她说："他走了，你别哭了。"

她接过了我的纸巾。

"我知道我输了。"她抽泣着说，"我跟踪你不过是拼死一搏，可是你看，他连看都懒得看我一眼。"

我心里想"知道就好。"，嘴上却说："他这人就这样，你别介意。"

她还在哭，睫毛膏全部糊到眼睛上了，很难看。这叫我的同情指数又蹭蹭蹭向上蹿了好几个等级，一个为了男人连仪态都不再在乎的女人，无论如何都是有点儿可悲加可怜的。就在我思忖着用什么话语来安慰她最为得体的时候，我的牛排终于上来了，我难为情地捏着米诺凡的卡晃晃说："要不你也吃点？反正他请客。"

出乎我意料，她很快地擦干了眼泪，用黑油油的熊猫眼望着我，点了点头。

侍应把餐单递给她，她显然是这里的熟客，并且不是一般的能吃。餐单到手，几乎看也没看就把招牌菜都点了个遍，侍应连忙笑容可掬地收了餐单。

看来，吃不定人，吃他一顿饭也不失为一个好主意。

这真是一个尴尬的时刻，我敢说我长这么大从没经历过这样一个饭局，不过比起我来，左左小姐倒是表现得很自然。但她举着刀叉的样子相比她的仪态就不是那么优雅了，四分熟血肉模糊的T骨牛排在她的餐盘里被很快地大卸八块。我估计她在心里多半把牛排想象成了米诺凡先生。

我低头闷声说："我们就要移民了，你不知道吗？"

"知道。"她满不在乎地擦了擦嘴，说，"那又如何呢？不是还有几个月吗？谁也不知道明天会发生什么。"

"明天他继续不理你。"我打击她。

"不好意思，让你嘲笑。"她居然笑。

"你为什么要去捏米砾的脸？"我问她。

她愣了一下，然后回答我："就是他当时一笑，我觉得和你爹特别像，所以……"

"你爱米诺凡啥？"我把自己搞得像新华社记者。

"你爱一个人的话非要问自己为了啥吗？"她反问我。

我发现眼前的角色并不像我想象中那么肤浅，我对她越来越好奇，所以就算她不肯回答，我也控制不了继续问下去的欲望。

"你多大了？"我问。

"怎么相亲还要过女儿这关吗？"看来她真是吃饱了，比刚才伶牙俐齿多了。

为了打败她，我只能使出下等招数："想我帮你就回答我，不然免谈。"

"你会帮我吗？"她机敏地反问。

我想了半天，叹息一声，老实答："其实我就是想知道你的年龄，关于我家米老爷的事，任何人都帮不了，他的性格，很古怪。"

她回我一句话差点没把我堵憋气："那是你不了解他。"

好吧，好吧，你了解，算我多嘴。我正准备让侍应来买单走人的时候，她用餐刀刀柄在桌上敲了敲，"不过我是真的想请你帮个忙呢，米砂。"

"什么？"

她放下刀，从她的包里掏出一个小小的LV钱包，又从钱包里掏出一把闪闪发亮的钥匙。

我吓得右眼忽然开始狂跳！钥匙！难不成米诺凡已经和她同居？！难怪米诺凡处心积虑，用差不多半年时间转变心性，米砾那个乌鸦嘴，难道真的言中了？

可是，她又仿佛读出了我的心思，见我不接，她直接把它放在我的餐盘旁，说："你就对他说，我会在丹凤居C幢1805室等他。如果今晚十二点前他不来见我，他就永远见不到我了。"

"你要干吗？"我说。

"我还没想好。"看来她是受刺激了，总不能好好地回答我一个问题。但只是一秒钟，她吱吱地嚼完一块牛肉，满不在乎地擦了擦嘴角不知是血水还是调料的一片红色汁液，答："那就让你爹来替我收尸好了。"

为什么有这么多人想过自杀？

或许，是我的伤痛还不够重，失去的还不够多。最最绝望的时候，我也从没那样想过，真的，我怎么可能为谁去死，要死，也是一起死！

幸亏关键时刻我的头脑没有跟着发热，我立刻拿起那把钥匙，扔回她的地盘，坚决地说："对不起，这个忙我是绝对不会帮的。"

"为什么？"她白痴地问。

"因为，我是米诺凡的女儿。"

她也没有强求，只是愣愣地看了我几秒，就知趣地收起了钥匙，背上包包，说："好吧。我去下洗手间。"

在她去洗手间的时间里，我喊了侍应买单。这个已经为爱半疯的女人，我还是快快躲避为妙。

侍应拿着米总的信用卡去总台结账，好一会儿才回来，除了带回信用卡，还带着一把钥匙和一张小纸条。那个傻头傻脑的高个子男生低头摊开手心在我眼前，说："刚才那位小姐让我转交你的，她还要我转告你，她说的都是真的。"我低头一看，纸条上写的竟是她家的地址：丹凤居C幢1805室。

"她人呢？"我问。

"走了。"侍应指着门外。

我抓起钥匙冲出圣地亚的大门，哪里还有她的踪影。

我真想骂人。

在出租车上，我一路都在做思想斗争。如果我真的把这把钥匙交给米诺凡，他会去吗？不，他一定不会，不仅不会，说不定还要怪我多管闲事。不过，这半年来，他不是转性了吗？我若实话实说，他能体谅也说不定。

再说，这根本不是我的错，谁叫他到处拈花惹草又拒绝打理后事，人家来这套，也都是拜他所赐。

但是，等我到了家，小心翼翼地对米诺凡坦白一切时，我所有对他刚刚燃起的希望又统统毁灭了。

他就那样用两根手指捏着那把钥匙，在我的鼻尖上戳了好几下，一边戳，一边说："你的脑子是肉包子做的吗？你居然收了这把钥匙？"

我被他戳得生疼生疼的，虽然只有米砾看着，但对我来说，这仍然是从未有过的奇耻大辱。我明明已经解释过了，她对我要了一个诡计，为什么他还是要这样不分青红皂白地教训我？

他摆出了他那张摆了十几年都不厌倦的臭脸来臭我，而且，让我觉得最不能接受的是，原来他根本没有忘记这种臭表情，只不过为了赢得我们的认可，在这半年里把它藏起来而已！

"不管教不成话，"他继续说，"别以为你高考完了就是大人了，看看你做的事情，幼稚到极点。"

说我幼稚？总比招惹上一个女人又要靠躲避来解决问题的人好多了。

我毫不客气地又变成了"对着干"型，立刻回敬说："我的脑子才不是肉包子做的，谁喜欢你谁脑子是肉包子做的。"

米砾最近和他老子真是相亲相爱，大声指责我："米砂你鬼迷心窍了，不要胡说！"

米诺凡把钥匙一把摔在茶几上，干脆直接指着我的鼻尖："你的智商呢？你不是一向自诩为才女吗？你不是谁也看不起吗？没想到连这么简单的问题都处理不好，简直乱来！"

我气得七窍生烟。我什么时候自诩为才女了？！简直信口开河！真不知道米砾这个马屁精平时都跟他胡咧咧什么了。我向坐在沙发上抱着一杯可乐喝得黑白颠倒是非混淆的他横过去一眼，他用杯子挡住眼睛，只敢隔着杯子看我。

亏我还替他挡过皮带。这个忘恩负义的东西，真该让米诺凡把他的皮抽薄点才好。

"我真是太信任你了。"他在米砾身边坐下，背对着我。我到底做错什么了？错的是他，谁让他拈花惹草自己又不肯负责？

他，米砾，还有某某人——男人都是一样，除了对你好的时候说大话，剩下的就是睁着眼睛说瞎话！

我咬咬牙，还是决定必须说到他的痛处去："喜欢你的女人脑子都是肉包子做的，所有女人都不该喜欢你，说不定妈妈也是这样被你忽悠走的，你就是个大忽悠！"

米诺凡和米砾一起回过头来，他们俩的表情一模一样，像是被电打过了，脸上一阵乱动后忽然僵死在那里。

我才管不着，我飞快地跑到楼上去，把自己锁在门里。用一个枕头盖住脸，准备着一阵风雨欲来。

可是许久，都没有发出一点动静。

我把话说得那么难听，难道，他就这样算了？

不知道过了多久，我打开门，走到楼下去。米诺凡已经不在了，只有米砾，仍然以那个不变的姿势窝在沙发里看《越狱》。他看到我，立刻以一种抽风般的阵仗笑了起来，一边翻着白眼，阴阳怪气地表演："大忽悠。"

最欠抽的永远是他！

我懒得理，问他："米诺凡呢？"

他说："不知道。"

我发现，那把钥匙仍然躺在茶几上，看来，他真的不打算去见那个女人。

我看了看身边的钢琴，不由得想起她弹的那首曲子。

她弹得真好，这样的女孩，值得拥有幸福，其实，哪个女孩不值得呢？如果，真的发生什么不幸，我完全能想象得到米诺凡泰然处之的样子。我一定是中邪了，居然对妈妈的"情敌"心生同情。我心里那块不齐全的地方又开始作祟，指引着我必须做点什么。

"米砾。"我拿起那把钥匙问，"现在几点？"

"自己不会看钟吗。"他头也不抬。

我抬头看墙上钟的指针：十一点三十五分。也就是说，从现在飞奔出去打车和找到那个该死的左左的家，我前前后后只有二十五分钟。如果因为什么原因耽误一时半刻，她选择跳楼，我就没机会；她选择吃安眠药，可能还有救……

"米砾。"我一面思考一面神情恍惚地打听，"从这里打车到丹凤小区要多久？"

"你要干什么！"他终于肯拿正眼看我，"你别告诉我你要去救法场！"

"我得去看看。"我说。

"米砂你疯了!"米砾站起来说,"我劝你别发神经。"

我沉着地说:"是兄妹的,就跟我来。"丢下这句话,我不再管他,转身打开门,一头冲进了茫茫夜色里。

第三章　意外

那天走出院子的门，我就知道米砾跟着我出来了，聪明如我当然一直都没有回头看他。不过当我在路边拦出租车，他把猴子臂放到我肩上试图来吓我的时候，我还是很给面子地尖叫了一声。

　　他很受用地欣赏着我的"惊慌"，语重心长地对我说："米木兰，你胆这么小，怎么上战场去当英雄呢？"

　　我朝他眨眨眼："不是有你吗？"

　　"关我屁事，我是出去happy的！"他把头一昂，就等着我求他。

　　我太了解他的性格，越求他他会越嘚瑟。他既然已经出来了我难道还怕他回去吗？于是我拦了车就闷头坐上去。果然不出我所料，他飞快跟着跌坐进来，笑嘻嘻对我说："搭个顺风车，可好？"

"丹凤小区。"米砾对我说完，扬着我丢在家里的左左的那张地址条对司机大声喊道，紧接着转过身把纸条塞进我的手里，然后装模作样地直视前方。完成这一连串动作之流利程度，好像是他早就排练好的一样。

我把纸条放进我的包里，不屑地问他："你不装要死人吗？"

"话说……"米砾问，"你好像对米老爷的感情生活有些出奇的八卦，你又不是白雪公主，难道也怕被后妈毒死吗？"

"我只是不想又一个女人为他而死。"我没有理会米砾自以为是的幽默，只是在心里这么答他。主要是我怕我乱说话会吓到司机，以为我们是什么杀人团伙，半路把我和米砾扔到黑灯瞎火的马路上。

我想得没错，我们到达丹凤小区的时候，真的就是一片黑灯瞎火。

就像那些危言耸听的悬疑小说里写的那样，这里虽然不算郊外，但两边临街的店面都大门紧闭，整个小区的建筑有高有低，却没有几家亮着灯。我们摸到小区大门后边亮着一盏小灯的物管保安岗里，只见一个老爷爷，用一把扇子掩住脸，睡得无声无息的。

我本想敲敲窗户，问一下传说中的C幢到底在哪里，可是被米砾一把拉了回来。

"笨得要死！我们不住在这里，吵醒他更进不去。"

他说得好像很有道理。就在我六神无主的时候，平时既无胆也无谋的米砾同学却好像忽然柯南附身，信心满满的指着临近西面的一幢高楼说："貌似是那里，墙上的字看上去是个C。"

我只好跟着他的步伐，往不远处的建筑走去。米砾神勇地拉着我，走到那幢楼跟前，忽然喜不自胜地转过头，对我说："就是这，我们上！"

在他走进电梯的那一刻，他的背影还真有一点点英雄的气慨。可惜遗憾的是，我对他的景仰才刚刚从心底里冒个小头就被他自己无情地压制了下去，我们到达18楼以后，电梯门刚刚在我们身后关上，米砾的手就忽然加大力气，用掐死一只小鸡的力气死死地攥住我的手，睁大双眼，恐惧地看着我说："米砂你发现没有，这层楼没住人！"

我惊讶地问他："你怎么知道？"

他说："你看这里地上，有一层薄薄的灰。而且刚才我们在楼梯里，电梯的按钮都是蒙着塑料纸的，你发现没？"

我还没来得及尖叫呢，米砾又用比鬼更像鬼的口吻说："米砂，如果说这是幢鬼楼，那你说左左是……个什么东西？"

我直接扑上去蒙住了他的嘴。

他推开我的手哈哈大笑，笑声在长而窄的走廊墙壁撞来撞去，鬼魅得一塌糊涂。我心里的疑窦此刻越来越重：左左要米诺凡来这鬼地方找她到底有何用意？米诺凡如果真的来了会发生什么？或者，这根本就是个套？我敢说，一个对爱完全失望的女人，她把他杀了都有可能！想象心理一占上风，救米诺凡的心情在这一刻超过了救左左的心情，我一下子变得出奇的勇敢，甩开米砾，大步向走廊的尽头走去。

真相真相！我只想知道真相！

终于，我找到了那个门牌，1805。我还拿出手机，踮起脚，借助屏幕的灯光照了照门上的字。

令我放心的是，在刚刚途经的一片漆黑的门前，这道门显然是有生机的，这点生机能从门口铺就的粉红色地毯看出，也能从门缝里透出的隐约灯光看出。

我举起手，敲门。

没有人应门。

奇怪的是，当我再次往门缝看去的时候，我发现里面其实一点灯光都没有，只有手腕上的夜光表提醒我现在是十二点零七分。

我忽然变得莫名的紧张，开始把手捏成拳头，用力擂门。

在我擂门的时候，周围所有的声控灯都先后亮了起来。走道里明晃晃的，地面反射着我和米砾孤独的倒影。

我才发现地上粉红色地毯其实只是一块砂纸罢了。

难道这里真的没有人住？我四下打量，立刻发现不对，18楼是顶楼，而声控灯统统亮起之后，我还发现在1801室的旁边，有一架梯子直接通往楼顶平台！

当我回头顺着那架梯子看到天花板上那扇打开的小窗时，我立刻毫不犹豫攀上了梯子。

希望我来得还不算太晚，千万不要出什么事！

而我爬上去之后，看到的却是几个正在纳凉的陌生男人。

一个长得歪瓜裂枣的男人首先靠近了我，他的眼睛真小，只有一条细缝，浑身都散发着肮脏的酒气，从牙缝里挤出一句话：
"小妹妹，你也来这里看月亮的哈？"说着，他的臭爪子已经搭
上了我的肩。

另几个男人也慢慢地走上前来。

我大脑立刻闪回出三年前的一幕，那个让我永远都不想再记
起的小巷，因为迫切想见到他，我被几个小混混骗到那里……

"叔叔！你们帮帮我！我女朋友要自杀！110过会才能
到！"就在我全身发软大脑失效的时候，米砾的声音忽然从后面
响起，他一面说一面扑上来，紧紧从背后抱住我，我的背立刻像
是压上了一只熊。

我下意识地一个劲儿地挣扎。

"你不能死你不能死！"米砾还在我背上一个劲儿地喊。男
人们显然没有料到这一幕，他们上上下下地打量着我，没有轻举
妄动。

"走吧，警察来了把你带走，你老爹会打断你的腿！"米砾
说着，几乎是把我扛着从顶楼的天窗扔了下去。没想到他的力气
已经有这么大了，我忽然为我曾经对他肆无忌惮的欺负感到一点
点后怕，幸亏当时他没有这样对待我。

"老实点，米二。"一直到出租车上，他才警告我。

"谢谢你。"我尽量控制我发抖的声音，由衷地对米砾说。

"没什么，"他闷声答，"算还你一次。"

原来我们都未曾遗忘。只是，往日那个鲁莽浮躁的少年如今已变得渐渐成熟稳健，我却为什么还是依旧那么天真和冲动呢？

那天我们回到家，已经将近凌晨一点。

也许是受了刺激，我的心很乱。于是起身到冰箱里拿出两听啤酒，把其中一瓶搁在米砾肚皮上，打开说："不许睡，陪我喝酒！"

米砾把肚皮上的冰啤酒拿起来凑在眼前看了一眼，就丢到沙发的另一头去："米砂，你真是疯了，高考才结束你就把自己当大人了，夜也熬上了，酒也酗上了，天下还有什么你不敢的事儿吗？"

我对他的话充耳不闻，用力拉了拉环，打开那瓶"青岛"，狂灌了一口。酒精的作用似乎没那么快，但我的确不想在这个夜晚就这样轻易睡过去。

我需要一个聊天的对象，可惜的是，此时此刻，这个对象显然只能是米砾。

然而更可惜的是，当我替他打开那瓶酒，正要逼他陪我喝上一口的时候，他的电话响了，不用说，肯定是蒙胖胖。

我知道，这是他每晚必须的功课。

他朝我摇摇手里的手机，蹬蹬蹬跑上楼，回到他自己房间和他的妞儿腻味去了。

寂寞的蒙胖妹，连生物钟都舍不得让他为了她改变，真是把他宠坏了。

我恶狠狠地猛灌了一口辣辣的啤酒，嗓子像被千把刀同时刺穿一样痛得发痒。

其实，最寂寞的是我，不是吗？

空虚和遗憾这些字眼，像磨砂洗面奶里的细砂，一粒粒摩挲着我薄薄的意志力。我呆坐在客厅的沙发上，像个念旧的老年人，想起了一些很久很久都想不起的往事，直到鼻子发酸——

比如第一次对某人的偷窥，高一那年，那场和蒋蓝的滑稽对决。

比如那场叫《蓝色理想》的盛典，吸引了多少女生对他深情的目光。

我们那不平静的女生宿舍，和谁谁谁每晚挤在一起的絮语。

以及，那个总在我们身体与身体之间的空档里安静地躺着的，白色沙漏。

那上面好看的花体字我一辈子也不会忘记。

brave——一想起这个简单的英文单词，我的心不知是不是因为酒精的刺激，渐渐鼓胀起来。多年前的鼓励，直到今日都仍然源源不断给我勇气，好像它正在向我输送某种能力似的，这种感觉非同寻常。我依然记得那一次，那一个弱小的女孩子，她在我最需要帮助的时候走上前来，面对邪恶，如此冷静地说："你们放开她。"

从那一刻起，我就相信我们会是一生一世不离不弃的好朋友。是吗，醒醒？纵然你像妈妈一样的无情，丢我于茫茫人海，我也从没怀疑过这一点，从没。

不知何时，我才睡了过去。

我以为我会梦见醒醒，但是很神奇，我梦到了妈妈。

梦里下着雪，是个冬天，我们在一个十字路口面对面遇见。

路口的红灯一直亮着，整条大街非常寂静，自始至终没有任何人来过，走过，也没有任何车辆。仿佛一切都是舞台背景，特别为了我和她的重逢而设计，连群众演员都不必参与其中。

她留着她走的时候那样的发型，挽成一个令人赏心悦目的髻。那身很厚的驼色大衣倒是我没有见过的，她穿得非常之厚，但她却没有围围巾，裸露着洁白的脖子，步履蹒跚，走得很艰难。

我一直站在原地等她，等到大雪覆盖了我的眼睫毛，我几乎睁不开眼睛，她才走到我身边。她从自己的怀里拿出两只烫手的山芋，递给我其中一只，艰难地说："好好照顾你爸。"

在她跟我说话的时候，我才发现她的嘴唇特别苍白，继而看到她脖子里的血迹，那些新鲜的血液好像不会结冰，在转过身去之后，仍然源源不断地涌出。厚厚的白雪之上，从她的裤管里流出点点滴滴的血滴，渐渐在地上聚集成一个脚掌大小的圆圆的血斑。

她好像已经快死了。

说完这句话，她就转身迈进雪里，深一脚浅一脚地走远了。

我想哭，可是我怎么也哭不出来。我只是一直握着那只山芋，迈不开步子，追不上去，眼睁睁看着她消失……

我敢肯定，我几乎是被那只山芋烫醒的，等我满身酸痛的从沙发上爬起来的时候，墙上的钟指到凌晨四点。房间里依然空空荡荡，只有我一个人的气息。

我跳起来，一直奔上二楼，一把推开米诺凡房间的门。

空的，他没回来！

我又跑到米砾的房间，发现他躺在小沙发上睡着了，手里还握着他的手机，一看就知道已经没电了。恋爱谈到如此忘我境界，堪称奇迹。我走过去，一把推醒他。他揉揉睡眼惺忪的眼睛，粗声粗气地问我："干什么？！"

"米诺凡没回来。"我说。

"哦。"他一面漫不经心地答我一面走到床边，然后直挺挺地倒了下去。

"喂！"我走过去推他，"你有没有人性，你老爸这么晚没回来，你居然睡得着？"

"你还要人睡觉不！"他坐起来，冲着我不满地大吼，"他不回来就不回来呗，这种事发生一万次了，你发什么神经！"

喊完，他又直挺挺地睡了下去。这次，还顺带用枕头捂住脑袋。

确实，我承认，米诺凡不回家是家常便饭，只是以前那些他不回家过夜的日子，我从来没有关心过他，我看着飞速进入梦乡的米砾，默默地退出他的房间，替他关上了门。

好吧，我承认，我只是被那个梦弄得有点神经质。

流血的是妈妈。

她早就不在了，不是吗？

而米诺凡，他不会有事。

第二天中午十二点，我还没睡醒，米砾提着一条泳裤敲我的门，问我是否愿意和他一起去游泳。他最近在苦练口语的间隙致力于练出一身古铜色肌肤，假以时日好比过加拿大肌肉男。

"不去。"我说。

"米砂你别懒洋洋的！"他走上前来，一面批评我一面伸出两根手指用力捏我的脸。我躲开，对他说："昨晚我梦到妈妈了。"

"是吗？"他拎着泳裤在我身边坐下，"你为这个担心？"

"没有。"我说。

"你放心吧，米老爷不会乱来的。"米砾说，"他对别的女人不会感兴趣。"

"为什么这么讲？"

"你也不好好想想，你娘是何等人物啊，"米砾说，"经过你娘之后，米老爷那是曾经沧海难为水……"

他拖长了声音装文人，我忍不住笑。

"笑了就好！你真让人担心，别老关在家里，要出去运动运动！"他用像米老爹一样的口气对我说话，我又一次发现他跟他真的很像，眉毛，眼睛，嘴唇，说话的神态，到走路的姿势都说明了他们是如假包换的父子。而我和妈妈，也应该是一样的吧，虽然他和她早已经不在一起，甚至天地相隔，但我和米砾是他们俩一起亲手打上的死结，永远解不开，也分不掉。也许米砾说得对，就算米诺凡跟别的女人有什么纠结，也是逢场作戏罢了。

人的感情是一张白纸，纵情涂抹过后，哪还有什么重新再来的机会呢？我只是有些担心米诺凡，没有他的消息，我心里始终不踏实。

米砾出门后，我掏出电话来打米诺凡的手机，依然是关机关机关机。

现在应该是他上班的时间，不应该关机。

而且我知道，他从来都不午休。

他没有理由这样一直关机。

　　我莫名其妙地生气，开始不停地打他的手机。到后来我形成了惯性，每五分钟打一个电话，半小时拉开窗户看一看。我听说过"强迫症"这回事，虽然我不知道这种病到底有没有潜伏期，我一直麻木地重复这两种行为，就这样持续了三个小时。惨白的阳光渐渐变成铜锈色，天空西面的火烧云开始转为灰红色的时候，我才忽然开始感到烦躁和绝望。

　　我听说，人在二十四小时之内通常会有两个时间段特别容易自杀，一个是凌晨四点半，另一个是傍晚六点。

　　说得真有道理。

　　我拉开窗帘，端坐在地上，回味起昨晚的梦。每一个细节都清清楚楚。这是她第一次在梦里对我谈起他，她的语气充满了对他的宠溺，仿佛我是大人，而他只是个孩子。

　　"好好照顾你爸爸。"她是在跟我暗示什么吗？

　　最关键的，是梦里的她将要死了，这是她的临终嘱托。

　　想到这里，我再也坐不住了，我决定去他的公司找找看。

　　到他公司的时候，整个城市已经华灯初上了。我走进空荡荡的大楼里才发现，这个时间大家都应该下班了，可是很多个夜晚他都在此加班至深夜，不知他在顶楼时是否看过大街上回家的人群。我想他一定没有注意过，如果他注意过，他一定会厌恶他自己，厌恶他自己淡薄的家庭观念，厌恶他自己自私的、从不向任何人汇报行踪的坏习惯。

我走到电梯前，按下了"28"，记忆中，他的办公室应当是在顶楼。这不是我第一次来他的办公室，但是距离上一次，确实已经有很久一段时间了。

就在这时，我的手机忽然响了一声，是一条新的短消息。我以为是米砾，连忙按下"查看"键。

是一个陌生的号码。

他说："考得如何？你应该给我个消息。"

不，这不是一个陌生的号码，这只是一个被我删掉的号码。

我当然知道他是谁。

我望向红色的不断跳动的数字"15……16……17……"，差一点站不稳，心里乱如麻。"考得如何？"关他什么事？他为什么想知道？分数早就出来了，他凭什么现在才关心？又或者，什么叫做"应该"？我是他什么人？他以为我是他什么人？

电梯到达28楼的时候，只剩下我一个人。我捏着手机还在怔怔，呆呆地往前走，脑袋差点被门夹到，不过我倒有点希望我被门夹到，这样变成傻瓜也是好的，至少什么都不记得也是好的。

我向着有灯光的地方走过去，像所有电视剧里看到的大公司一样，这里也有一个木讷的接待小姐。

"您好，小姐，请问你找谁？"

"米诺凡先生在吗？"我问道，"我是他女儿，我想看看他在不在。"

她有礼貌地伸手招呼我坐在她对面不远处的沙发上等候，然后又开始拨电话，可是她的通话声非常之小，让我完全听不清楚，我懒得费劲等候，直接往里闯。

"喂，小姐。"她要上来拦我，被我吼住："米诺凡是我爹，你最好别拦我。"

我的话好像起了作用，她退后了一步。

我再转过身，一个看上去很温和的中年女子挡住了我的去路。她戴了一副圆眼镜，看上去很像某部电影里某个厉害无比的女律师，我想不起那个电影的名字，但是她们真的很像，她的气场有点大，于是轮到我退后了一步。

"米砂？"她问。

"是。"我说。

"米总不在。"她说。

"他去哪里了？"我问。

她耸耸肩："抱歉，或许你爸还没来得及通知你，这里已经属于我了。"

"什么？！"

"你们不是要出国了吗？米先生结束了在国内所有的生意，这家公司也卖给我了，不过我知道你，你爸常跟我提起你。"

"卖了？什么时候的事？"我晕乎乎地问。

"快三个月了。"她说。

难怪！难怪米诺凡有大把的时间留在家里陪我们。可是，说老实话，出国就出国，难道他再也不准备回来了吗？我压根没想到他会卖掉在国内的公司，这是他苦心经营数十年的结果，我以为这是他死也不会放弃的东西，他居然就此放弃了。而且，放弃得这样轻描淡写，都不曾知会过我和米砾，简直就像去掉了一双破袜子。

他到底要干什么？

话又说回来，公司都结束了，他还在忙些什么？二十多个小时过去了，连电话都不开，这就更加不可理喻了！

　　我在下行的电梯里，莫名其妙眼眶就红了，我变得这么多愁善感，难道是因为手机里那条随时可能让我爆炸的短信吗？

　　噢，我尽量低下头，希望监控录像不要拍到我的衰样就好。

　　出租车上，我一直压抑着自己的冲动，没把手机掏出来再去看一下那一条"无耻"的短信。我的手却下意识地放进包里，摸到一张纸条。

　　我把它从包里掏出来一看，竟是左左写给我的那个地址条。我把它展平最后看了一遍，正要把它撕成两半的时候，却发现上面的三个字：丹凤居。

　　我猛地反应过来，问司机："丹凤居和丹凤小区是在一起么？

　　"当然不。"司机答我说，"一个在城南，一个在城东。"

　　"我要去丹凤居。"我说。

　　很抱歉，我一直就是这么一个拧巴的人，当我决定去做某件事的时候，我就像被上了发条的音乐娃娃，完全无法控制我自己。在这件事情上，我相信我的直觉，左左只是个被爱情冲昏头的女生，简直比我还要不灵光。而最可怕的人，她爱上的恰恰是我那自以为是的父亲米诺凡。虽然我没有在梦里答应妈妈照顾好他，但是毕竟，我得跟他说清楚，有些事情不是因为他是我爸爸，我就要永远护着他的，他不可以为所欲为，至少，不可以对那个叫左左的女生这样做。

再说现在还不算太晚，应该不会再发生什么意外的吧，我默念着某句著名的话"一个人不可能两次踏进一条同样的河里"（是不是这样说的？）怀着这样忐忑不安实则又有些对自己的勇敢无比欣赏的心情，我按响了这个真正的"1805"的门铃。

然而我没想到的是，来开门的不是左左，而是一个头顶别着一根粉红色鸡毛、身着一身粉红色女侍服装的男人。

他皱着眉头伸出头来，似乎不满地问："找谁？"

我机械地仰头看了看门牌号码，再次确认我没有搞错地址。

我能从门缝里看到，屋里熙熙攘攘的，有人在跳舞，有人在打牌，有人拿着一个空酒瓶坐在茶几上唱歌，最夸张的是在那个无比宽敞的客厅的一角，赫然有一个超大的浴盆，一定是里面冒出的蒸气，才把整个房间熏得烟雾缭绕。

这是什么，COSPLAY舞会？

我的心里升起一股比昨晚吃闭门羹更悲哀的情绪：米诺凡，你在哪儿呢？如果你也在这种地方混，那我不如去死了算了！

"哎呀，这不是米大小姐吗？"一个打扮成猫人造型的女孩从粉红羽毛男人撑在门上的手下忽然冒了出来，我努力辨认了半天，才认出来，那就是左左！

她靠近我之后，我立刻闻到一股浓重的酒味，比起青岛啤酒的味道，这简直就是百分之百纯酒精。羽毛男终于肯让出一条道，她一把搂住我，眼神迷离，对着我的脖子直呵气："小米妹妹，我们在办party，邀请你爸参加他从来都不肯来。不如你加入吧，很刺激的。"

我全身都起鸡皮疙瘩，刚才的羽毛男又来了，手里还端着一杯加冰的酒，他对左左眨眨眼，说："把这个妹妹交给我吧。"

她做了个"请"的姿势，那个妖男立刻笑逐颜开，把酒递到我嘴边。

我想都没想，伸手打翻了那杯酒。

玻璃杯碎了，地面流淌着着蓝绿色的液体。

满屋子的人顿时静下来了。几秒钟后，我听到左左的笑声，那个妖男松开搭在我肩膀上的手，像在对我说，也像在对满屋的人说："哈哈，现在的小骚货，真不是一般的能装。"

那些人带着或轻蔑或懒洋洋的眼神看了我一眼，又投入到他们的世界里去了。

左左拉着我的胳膊，似乎还要跟我说什么，但当我模模糊糊看到那张离我不远的桌子上有一小撮一小撮的白色粉末时，我才真正清醒过来。

我在外面奋力拉上那扇防盗门，和那个嚣张的狂欢场面彻底隔离了以后，头顶终于冒出一颗一颗巨大的汗珠。

狼狈？后怕？沮丧？震怒？

似乎都不能表达我这一刻的心情。或许最恰当的还是耻辱。耻辱我居然被这样一个女人的眼泪给俘虏了；耻辱我居然神经质地担心了这个夜夜笙歌的小太妹好几天；耻辱我居然为了她和米诺凡大动干戈，结果却是自己被狠狠地耍了。

直到此刻，我才发现，原来我果真只是个无知的孩子，就像我不明白为什么左左能够如此百变，如此堕落一样，我完全没有修炼到可以去参与成人世界游戏的等级。

那么，那个发短信来的"陌生人"，他是不是也当我是无知的小孩，所以才选择了别人，而没有选择我呢？

然而在丹凤居发生的一切不是最令我吃惊的，最令我没有想到的是那晚到家时，米诺凡奇迹般地已经在家了。

我站在院子里，从窗户里看到灯火通明的客厅里，他和米砾对坐在沙发上，在下跳棋。是的，跳棋，喜气洋洋的跳棋，不是围棋！

他们看上去，是那么的悠闲，那么的懂得享受人生。

这就是妈妈特意托梦给我让我好好照顾的那个人？他似乎根本不需要我的照顾，不仅不需要照顾，而且看上去，他压根不需要我。

我换了鞋，没吱声，走进客厅，径直走到他面前。

他和米砾同时抬起头来看我，米砾的表情似乎充满嘲笑，但他好不容易忍住。米诺凡则只是瞟了我一眼，就催促米砾："该你了。"

我仍然站着不动，他们也就乐得当我不存在，继续走那该死的不知谁从哪只古董箱子里找出来的跳棋。

"你去哪儿了？"我平静地问。

他继续走子，对我的话置若罔闻。

"打你电话为什么总是打不通？"

"打不通吗？"这倒是令他很诧异，从裤子口袋里摸出手机，按了几按，对我摇了摇，笑着说，"信号正常呀。"

　　我再也无法忍耐下去了，伸出一只手，打翻了那盘棋，五颜六色的玻璃珠掉在大理石地面上，有的摔碎，有的弹得很高，一瞬间满眼都是玻璃反射的光泽。

　　然后，我用力地大声地喊出了一句话："米诺凡，如果你再莫名其妙地消失，我就不认你这个爹！"

　　喊完后我知道，我在两天之内成功地把这父子俩两次重重地惊到了。

第四章　消失

半小时后，我走到了大街上，我关掉了我的手机。我赌气地想，我要用我的"消失"来惩罚他，让他们也知道眼看着一个人"消失"的痛苦。当然，我心里很清楚，这是一个非常孩子气的想法。而且，我也并不是真的要消失，我只是要，只是要给自己的妥协一个借口。

我要在这个无所事事的夜晚来到他的身边，亲口对他说，我考完了，考得不错，不过我要出国了，也许以后都不会再回来，over。

已经是晚上了，整个夜空呈现出灰黑的颜色，这是城市被污染的天空一贯的颜色。我又走上了那条通往他的小屋的小路，像是又在这条小路上看到那个半年前下雪天的自己。我忽然想到了我曾经看到的小说里的一句话：

"其实我只是在长大，只因长大的过程太过平淡和乏味了，所以我无端地忧愁。"

或许，这句话真的是对的吧，好像所有的快乐不快乐都是我一个人的幻觉一样。在我重新走上这条路的时候，我能回忆起的，竟然仅仅是开学那天天气的寒冷程度和他穿的黑色羽绒服而已。

走到了他的屋檐下，我看到了里面的光亮，他在家。

暑假的晚上，他会在做什么？一个人？两个人？我不再允许自己想下去。

夏日的蚊虫很是扰攘，让我本想在屋檐下静静站立一会儿都不能够。我鼓起勇气，走到了门前，敲了敲门。

门很快打开，他站在我面前。

扑面而来的是我熟悉的气味，薄荷味的洗发水，带一点点金盏花的甜味，那是永远叫人无法抗拒的气味。

他穿着白色的T恤，没有任何数字和图案的T恤，像从大市场买来的七十块钱一打的那种廉价货，洗得发旧。一双灰色的塑料拖鞋，露出圆圆的脚趾和修剪整齐的指甲。

我就这样，又出现在他的视线里，我承认，就在那个时刻，我还没有意识到这种重逢究竟意味着什么，直到我看到他的眼睛，我想好的话已经忘记了一半，哦不对，是已经完完全全地忘掉。

我能从他的眼睛里看到仰头的自己，是那么虔诚和卑微的表情。

竟然一如曾经。

我这是怎么了？

请老天作证，这些时日，我几乎忘记了"路理"这两个字的结构和笔画，连念都许久不再念起。可是，是谁说过，遗忘是为了更深刻的记忆？

我不由自主地伸开手臂，跌进他的怀抱里。

幸好，他没有拒绝，而是抱住了我。

我们就这样拥抱着，这一秒，所有的疑问都被抛到脑后，我提都不想提起。

"我病了，一场大病，差点死掉。"他在我耳边轻声说。

我全身都颤抖起来，他在解释！解释，是不是就表明他在乎我的伤心呢？

原来他在乎，他在乎。

我默默地放开他的肩膀，手臂仍然不肯放开他的手臂，我不怕他看见我的眼泪。他伸出手，用非常非常轻柔的动作替我擦掉了眼角的泪水。

我们就这样用怪异的姿势彼此拥抱着到客厅的沙发前坐下。

坐下来之后，我的眼泪又开始流个不停，大概是因为他刚才的动作让我完全放松下来，我整个人都感到一阵说不出的疲倦，想把发生的一切都告诉他。

告诉他我是怎样为了熬过想他的夜晚彻夜背诵英语课文，告诉他我在深夜打他电话听到的陌生女声之后有多么心如刀割，告诉他我在父亲和左左那里受了多大的委屈，告诉他我的高考成绩，告诉他我对不起他，告诉他我会补偿，告诉他我一直想念他，像在脊柱上种下一根毒草那样，每天晚上躺下之后，背有多痛。

对了，我还有最重要的事要告诉他，那就是——米诺凡要送我出国，可是如果他说一句不要我走，我就不走。

这样想着，我的眼泪继续流个不停，一句话都说不出来。

"噢，米砂，你还是那么爱哭。"他把我的手抓在自己手里，不再替我擦眼泪，而是一直看着我，任由我的眼泪像滚热的岩浆一样流淌。

但是任我的眼泪怎样流，我都能感觉到他正用一种像是从我的眼睛里已经读出了一切的、宽容的、闪闪发亮的，却又那么温柔到足以安抚我所有激烈的不好的情绪的眼神，望着我。

那是轻而易举就可以杀掉我的、我晨昏昼夜从没忘记过的眼神。

于是我更加泣不成声，哭得像一张在水里浸过的宣纸。

"对不起米砂，"他说，"你高考那一阵，是我身体最糟糕的时候，病危通知书都下了好几回了，我以为，我再也见不着你……"

"混帐！"我抬起头，用红肿的眼睛看着他，骂他。

他忽然笑了，责备地说："骂粗话？"

我伸出手去打他，手掌触及他的脸，力道却不由自主地放小下去。他的掌心随即也放上来，贴着我的手背。房间里只剩下我们的呼吸，我的急促，他的轻柔。

"你忘了我吗？"我问他。

"怎么会？"他答。

"我忘了你。"我赌气地说。

"是吗？"他笑笑说，"我不太信。"

哦，真好，这样的夜，至少只有我们俩，上帝保佑，就算是做梦，也让我做一回，不要早早醒来。

可就在这时，本就没关的门"吱呀"一声被打开了。我下意识地抬起头来，站在门口的人我认得，她左右手各拎着一个大包，如果我没有记错，她的名字叫陈果。

路理飞快地推开了我，坐直了身子。

我的整颗心又凉了。

陈果走了进来，像是没有看见我，径直把那两大袋子的东西放进厨房，背对着我们用轻松平静的语气大声说道："你妈不放心你，买了一大堆东西让我带来。啧，瞧这厨房，我出门两天就乱成这样子？你也太懒了点吧，我都说过很多次了，垃圾桶里要先放个垃圾袋，你又忘记了！"

我清醒过来的意识提醒我，此时的我是一个多余的人，我应该像以前那样，拔腿而逃，离开这个本就不属于我的地方。可是现在，我也不知道为什么，我就是不愿意就此服输，我觉得我从来都没有这样恨过一个人，甚至超过了曾经的蒋蓝，如果说曾经的蒋蓝是蛇蝎心肠，那面前的这个陈果，就是城墙脸皮！是的，我恨陈果，我恨她夺走了本该属于我的东西，还好意思在我面前表现出趾高气扬理所应当的模样，凭什么？

于是我也装作若无其事，转身对路理说："我要走了，你送送我好吗？"

"好。"他站起身来，走到门口，蹲下身，换了一双帆布鞋。

我已经想好，先把他从家里骗出去，然后再请他去喝咖啡，泡酒吧，唱卡拉OK，散步聊天，数星星放烟火，总之，干什么都行，前提是只有我们俩。

可是我们刚走到门口，就听到后面响起陈果冷冷的声音："等等。"

"我去送送米砂。"路理说。

"不行。"陈果铿锵有力地说。

"你管他这么严，算他什么人呢？"我忍不住讥讽道。

我以为她会脸红，继而气愤地走掉。谁知道她只是微微一笑回敬我："你知道他刚出院不久吗？知道他晚上不宜出门吗？你知道一点点的感冒发烧会给他带来多严重的后果吗？米砂小姐，如果要找王子陪你散步，我看你还是去找别人吧，路理要休息了。"

我吃惊地看了路理一眼，他竟然病得这么严重？！想当年，他可是拿过校运动会长跑冠军的啊！

我继而想，在他病得最厉害的时候，我在做什么？我不过守着我内心所谓的自尊和骄傲整天忙活着自己的三点一线小生活。陪在他身边的，时时刻刻都是陈果，不是吗？

原来，没有资格的人并不是她，而是我！

我感到从未有过的羞愤，当然更多的是自责。一张绯红的脸泄露了我的心虚和失败，正准备夺门而逃的时候，路理拉住我，开口了："陈果你别这样，我和米砂很久不见，你去给我拿件外套，我很快就回来，放心吧，我没事。"

"不。"陈果说，"我不会让你出门的。"

路理没有搭腔，自己回身取了放在沙发上的外套。他这个动作又重新燃起了我内心温暖的希望和无比的柔情，是的，我不应该就此认输的，我们还有很多日子，我可以弥补，可以给他更多的精彩，更美好的幸福，我为什么要放弃？我不能一错再错了！

我伸出手去拉路理，却没想到陈果还是拦上来，冷冷地说：

"如果你们要聊天，我可以回避，把这里让给你们，方便的时候我再回来。"

"你不要闹了。"路理用命令的口吻对她说，"这样多不好。"

"我就是不让。"陈果好像要哭了，虽然这句话是对路理说的，但她却看着我。好像我才是令她如此伤心的原因，必须跟她道歉谢罪似的。她激发了我的叛逆情绪，于是，我加倍用力地牵着路理的手，而她的手也握着路理的手腕不肯放，我们三个人的姿势，让旁人看来，一定恶俗到了极点。

那几秒钟里，我和陈果一直不可避免地对视，瞳孔里的恨意无限，简直可以把对方烧成灰。我内心有种说不出的战斗的快感，我已经好久没有再和女生发生战争了，正好趁此机会好好温习，我在心里反反复复鼓励自己：这一次我不会放手，无论如何，这一次，绝对不放。

直到路理伸出他的另一只手，有些粗暴的将陈果拉着他手腕上的那只手扯掉。然后他拉着我，我们走出了他家旁边那条长长的小巷，一直走到了灯火通明的大街上。

他始终都没有放开我的手。我手心里温热的汗提醒我胜利了，幸福正排山倒海地到来，我胜利了，他终究还是我的王子，一切从未曾改变！然而可惜的是，这种胜利感只持续了短短数十秒，因为我很快发现，我们后面跟着一个扫兴的人——陈果。

世上怎么会有如此阴魂不散的女人！

我放慢了我的脚步，考虑要不要放开路理的手，直接走到她面前跟她来一场面对面的对决的时候，却听到路理在说："好久没出过门了，夜晚的空气真新鲜呢。"

他显然，没有发现身后的她。

"噢。"我朝路理眨眨眼，"我们跑，怎么样？"

"什么？"他没听明白。

"跑啊，听听风的声音！"我一面说一面扯住他的手往前飞奔，他终于反应过来，慢慢跟上我的速度，他的腿，似乎变得矫健多了，跑起来的样子看上去完全不像还在恢复期。

"哈哈，好玩吗？"我问他。

"好玩！"男生腿长，很快就变成了他拉着我往前，我快活极了，那种感觉像坐上了秋千一样，心一下子跟着荡得老高老高，我忍不住兴奋地尖叫，好多日子了，我从没有一刻像现在这样放纵美妙。

不管是陈果李果还是王果果，都让她们见鬼去吧！哈哈哈哈哈！这一刻，只属于米砂，只属于路理，只属于米砂和路理！

然而，我并没有高兴多久，一件最让我想不到的事情发生了！

路理晕倒了！

那一刹那，他像是被什么东西用力地撞了一下，然后他迅速放开了我的手，重重地倒在了地面，我来不及拉住他，只听到他的头与地面撞击的一声闷响，还有他发出的低微的一声呻吟。

"路理你怎么了？"我尖叫着，弯下腰试图要扶他起来，但一切都是徒劳，他很重，我根本搬不动他。他苍白的唇，紧闭的双眼还有脸上安静的表情吓得我不知道如何是好，所有急救课上讲的安全知识全都一下子在我的脑子里蒸发了。我只能俯下身去，麻木地做着一个徒劳的动作——双手按住他的肩膀，来来回回地摇动他的身体。忽然，我感到身了被人用力一推，是陈果！她从包里迅速取出药、矿泉水，接着，用一只手轻轻托住他的后脑勺，又拧开矿泉水盖子，送到他嘴边，他便自然地双唇微启，她乘机连药带水的灌了下去。然后她拿出她的电话，熟练地按了三下——120。

做完这一切，她似乎只用了半分钟。

她依然蹲在地上，把路理的头再稍稍用手臂托得高一点，这样，路理整个人就好像倒在她怀里一般，这真是个强势到极点的动作。

周围已经开始聚集一些人群，我完全听不到他们在窃窃私语什么，人生中令我难堪的时刻也许远不止今天这一次，但却绝对是最令我后悔和无助的。

我必须做点儿什么来令我自己好过点。于是我也顺势伸出手去，想握住路理的手，但被陈果迅速发现，她在我还未伸及的手背上用力一拍，小声但有力地说："这里不需要你，你走吧！"

聚集的人更加多了，他们像是为了给这出戏布景，此时齐齐发出哗然的感喟。

"对不起……"我极力发出平稳的声音，额头已经开始冒汗，我喃喃地说，"他怎么样？会不会有事？"

陈果抬起头来，血红的眼睛盯着我，对我说："是你让他跑的吗？"

是我。

但我没有勇气点头。她就像张开翅膀准备向我扑来的老鹰，无比盛气凌人，一下子令我缩小很多，我只是僵在那里，小声答："我不明白为什么会这样……"

她没有听见，也许是装作没有听见，总之她不再理会我，而是轻拍着路理的脸，对他说："坚持一下，救护车马上就到了，你不会有事。"

那神情，俨然是母亲在看护一个婴儿。

我也想蹲下去，和她一起呼唤他，帮助他。可是我深知，我已没有这个资格，就算有这个资格，我也没这个本事，我只能手软脚软地蹲在那里，和路理隔着一个不远不近的距离，什么都做不了。

120急救车很快就赶到了，陈果和人群中面目模糊的好心人一起把路理弄上了车。而我仍然蹲在那里，不知道自己该做些什么，自始至终，她的视线都没有再往我这边打量一次，车子很快绝尘而去，我慢吞吞地站起来，走到路边，下意识地打了一辆车跟着救护车，司机问我救护车上的人是谁。是谁？他是谁？路理？我的爱人？一个朋友？老同学？被我的无知加害的人？我没法回答这个简单的问题。

我甚至想不起来自己为什么会鬼使神差让他跟我一起跑，也无从猜测这一跑对他意味着什么，到底有多严重。如果他真有什么三长两短，那就让那辆救护车碾死我算了。

我脑子里反复回荡的，只有陈果对我说的那几句话："你知道他刚出院不久吗？知道他晚上不宜出门吗？你知道一点点的感冒发烧会给他带来多严重的后果吗？米砂小姐，如果要找王子陪你散步，我看你还是去找别人吧，路理要休息了！"

她是对的，我竟然没想到，尽管她是我的"敌人"，但她的话，就是对的。

我为什么不听？

到了医院，他被两三个戴口罩的护工围着，吵吵嚷嚷地送进了急诊室，我站在远远的地方看着陈果忙上忙下，打电话，向医生问询，但我却不敢上前一步了解他到底伤得有多重。

我和陈果隔着一定的距离坐着，她始终不看我一眼，只当我不存在。但，路理应该不会有大问题，否则，她毫不留情把我拎起来甩出去都有可能。我对自己说，我只要看到他平安，我就会知趣地离开。

没过多久，走廊里传来一阵急促的脚步声，我循声望去，看到一对中年的男女。他们经过我的身边，带去一阵风，但却没有停下，直到看到陈果。其中那个女人，一见面就紧紧地和陈果抱在了一起，我也在刹那间明白了，他们是路理的父母。他和他父亲长得简直是一模一样，他的母亲把头发梳到后面挽成一个髻，长得慈眉善目，只不过此刻眼里噙着泪水，用期待的眼神看着陈果。她们是如此的亲密，完完全全一家人的样子，让不出分毫距离给我。然后他们一起进了急诊室，只留我这个始作俑者躲到墙角，想离去，却又不甘心离去。

也许是太担心的缘故吧，每一秒对我，都像是一年那么漫长。那扇门一直关着。我努力了很多次，都没敢去敲它。发了几分钟呆后，我从包里摸出了我的手机，打开了它。我本来是想给路理发个短信，甚至打个电话，可是就在我开机的刹那，手机就响了起来，是米诺凡，他在找我！手机屏幕上"DAD"这个单词在不停闪烁。我看着它，顿时觉得有了依靠，我内心所有的坚持都在那一瞬间崩溃了，按下接听键，我对着电话就开始大哭："爸爸……"

一刻钟后，米诺凡和米砾来到了我身边。米诺凡一走到我面前就一把把我搂到怀里，沉着地对我说："不管发生什么，有爸爸在，没事了。"

就在这时候，急诊室的门被推开了。出来的人是陈果，她面无表情地走到我面前，直截了当的对我说："你可以走了。"

"他没事了吗？"我小心翼翼地问。

她依然冷着那张脸："他有事没事都不关你的事。"

"怎么说话呢！"米砾上前一步，为我打抱不平。我示意米砾噤声，再次哀求地说："请告诉我他有没有事，只要确定他没事，我就离开这里。"

"没事。"陈果的牙缝里终于挤出这两个字。

"米砂，我们走！懒得在这里看死人脸！"米砾说完，拉着我就往外面走。米诺凡也跟了上来，一直到上了他的车，他才开口问我："是谁进了医院，到底怎么回事？"

"路理。"我吐出这两个字的时候，已经做好了挨骂的准备。

果然，米诺凡什么也没说，只是转过头来盯了我一秒钟就加大油门，车一下子开出去好远。我庆幸他没有大吼一句"什么？！"，那简直是我能想到的最糟糕的一件事。

虽然他没有再像从前那样粗暴地干涉我的感情生活，但是，我知道，在他心里，一个风吹一下就会倒的男人是无论如何也不能照顾好他公主一般的女儿的。这不，现在他又进医院了，所有的证据都表明"不听父亲言，吃亏在眼前"，对我而言，这一切就像是绝妙的讽刺。

救场如救命的米砾又出现了，他摇头，叹气，最终责备我："米二你已经十八九岁了，做事也要稍许成熟一点，不要这样动不动就一惊一乍的，你知不知道老爹为了你差点去杀人！"

"闭嘴！"米诺凡说。

杀人？什么意思？

米砾意味深长地看了我一眼，再看看前面开车的老爹，终于停止了聒噪，和我一样把头扭向了窗外。

一直到家，我们三人都没说话，也实在是因为无话可说。

夜里十二点，米砾又溜进了我房间。那时我正抱着腿坐在床上发呆，他拿着两瓶可乐晃进来，硬塞一瓶到我手里，安慰我说："放心吧，他死不了。"

"对不起，米砾。"我说，"今天让你们担心了。"

"这话你应该跟米老爷说。"米砾告诉我，"你知道吗，左左给老爹打电话了，说你去找过她。当时老爹就急了，你知道他在电话里对左左说什么吗？"

"什么？"

"他说，我女儿要是有什么事，我会杀了你。"

"那个左左到底是什么人？"我问米砾。

"管她什么人，反正米老爷对她一定没兴趣。"米砾老气横秋地对我说，"米砂你别成天想着伸张正义，先把爱情这件事搞明白了好不好？"

"你搞明白了吗？"我反问他。

"也没。"他笑嘻嘻地说，"不过我没像你一样乱来啊。"

"说得是。"我说，"米砾你打我一拳吧，这样我兴许会好受些。"

"成，一拳一千块。"他朝我伸手。

"我觉得我和路理很没有缘分。"我拿冰冷的可乐瓶挡开米砾的手说，"以前是醒醒，现在有个陈果。"

"米二。"米砾说，"你要是真的不想放弃，就去争取。"

我惊讶地看着米砾。要知道，在反对我和路理这件事上，他一向是和米老爷站在统一战线上的。

"争取。"米砾拿起我枕头边早已关机的手机，把它打开来，塞到我手里说，"现在就打电话，告诉他你爱他，你关心他，你不能没有他，你不说，他也许永远也不会知道。"

我还在犹豫的时候，我的手机响了，竟然是他。我慌不择路地接起来，听到他急促的声音："米砂，你终于开机了，是你吗，米砂？"

"噢。"我说。

"我真没用，"他叹息说，"一定让你担心了，是吗？"

不知道为什么，一听到他的叹息声，我整个心都揪成了一个皱巴巴的毛线球。我想安慰他，可找不到合适的词汇，好像说什么都不对。直到电话那边又传来他的声音："我忽然很想见你，米砂。"

"我忽然很想见你，米砂。"

噢，我的路理王子，在我关于"爱情"的所有长长短短的幻想情节里，你可知这是一句是我从没想过的最动人台词呢？

第五章　谎言

夜晚来临的时候，我常常有轻微的错觉，仿佛耳边总是有人在喘息，待仔细聆听，却又消失不见，只有窗外的风吹动树叶，提醒这一季又将过去。时光的消逝是最为无情的，我很担心我还来不及享受人生，便已经匆匆老去。我更担心当我已经老去，还弄不明白什么是真正的爱情，然而我最最担心的是，就算我弄明白了什么是真正的爱情，却不可以和自己最爱的人相伴走完一生。

　　在医院散发着百合花香味的他的床头，我把我幼稚混乱的想法讲与他听。他微笑，手有些犹疑地伸过来，拨弄了一下我的刘海，说："米砂，我真的没见过比你更可爱的女孩子。"

　　这两天，他总是这样变着法儿赞美我。以前和他在一起的所有时光里，他没说过这么多赞美的语句。我早已习惯他的沉默和他读不懂的内心，有种观看话剧的滋味在里头，越往下，细节越完美，越不忍放弃。

"我变俗了，是吗？"他又一次看透我的心，问我。

我点点头。

他大笑起来，说："等我出院，带你去看海。"

"更俗了。"我撇嘴。

"那你想去哪里？"

"丽江。"我说。

"丽江啊，"他皱起眉头，"听说那是失恋的人才去的地方。"

我哈哈大笑："我要跟你在那里……偶遇！"

"好，答应你！就丽江！"他仰起头说，"你天天跑来看我，给我解闷，我总得回报你点啥。"

我做更俗的事，拉住他的手，贴在我的脸颊上，不说话。

"你们学校开学真晚。"他说，"你不参加军训真的不要紧吗？"

"都说没事了。"我岔开话题，"最近我突发灵感，写了首歌词，什么时候拿给你看看，你替我作曲可好？"

"好！"他沉默一下笑着说，"不如我们就来合作一首歌吧，春天那场病我已经死过一回了。如果我活不过今年的冬天，有首歌留给你做纪念也好啊。"

"胡说八道！"他的混账话简直让我的心都快碎了，我从床边跳起来，对着他一顿乱打乱捶，他并不阻拦我，当然，我不敢用力，可是就是因为不敢用力，反而失去了重心，一下子跌倒在他身上。我们隔得很近，很近很近，我看到他的眼睫毛，那么长，男生居然有这么长的眼睫毛，嫉妒得我想揪下来几根，量量它们究竟有多长，他再靠近一些些，唇微微地贴在我的左脸颊，我的眼泪就不争气地掉了下来。

反正已经丢脸，我索性趴到他身上去，紧紧地抱住他："混蛋，不许说不吉利的话，不许！"

"好。"他轻轻地拍我的背，"米砂说不许就不许。"

他的声音是那么的宠溺，让我心里那个皱成一团的毛线球又像被小猫的爪子踢过一般，翻翻滚滚，最终，那些毛线都松散开来，纠缠不清，看不到头在哪里，乱得不可开交。我在心里替自己鼓气，我要抬起我的头，和他再次对视。如果……

如果发生点什么，我不要脸地想，就让它发生吧。我还不算他的女朋友不是吗？除了那一年我赌气离家，他在九华山那个庙里把灰头土脸的我搂在怀里，除了刚才他留在我左脸上的若有若无的吻，我们之间共同拥有的东西太少了，没有甜言蜜语，更谈不上山盟海誓，但从这一刻起，一切都必须要改变！一定要，必须要！

然而，就在我拼了命将勇气鼓到百分之九十九的时候，门被用力地推开，陈果来了！哦，所谓克星就是如此吧，总是在不该出现的时候偏偏出现。我慌慌张张地爬起来，忙不迭地擦去我的眼泪，路理反而无所谓，坐直身子对她说："来了？"

陈果这天穿了一件蓝色的花裙，拎一个大布包，冲他微笑："有没有按时吃药？"

她视我为透明人。

其实这些天她都是这样，明明知道我在，她还是一样的来，好像自己是个单纯的护工，或者说，像是路理的家人。从这一点来说，我真的很佩服她，我承认，我做不到。我做什么事情都习惯了名正言顺，习惯了骄傲，习惯让别人屈服，但也许正是因为这样，所以才会常常失败吧。

陈果一来就开始忙乎，检查吊瓶，开窗换气，给花瓶换水，去开水房打水。仿佛没有她，路理这个院就是白住了，忙完这一切，她坐下来，开始削苹果。

"不用了。"路理阻止她。

她固执地说："你忘了医生说你每天都得吃一个苹果，补充维生素。"

"米砂已经削给我吃过了。"路理说。

"哦，是这样。"她平静地放下水果刀，把苹果塞到自己嘴里，咬了一大口，站起身来说，"那你们聊吧，我还有点事，先回学校了。"

"好啊。"路理说，"你慢点。"

她走到门边，拉开门，停了一下，头也不回地说："对了，你要看的书我给你妈妈打过电话了，她说今晚就送过来，你别看太晚，要注意休息。还有，晚上不要贪凉，记得盖好被子，学校的手续我也替你办好了，你出院后直接去上课就可以。"说完这一大堆话，她终于离开了。

我管不住自己长长地呼了一口气。

"她让你不安？"路理看着我，居然问我这样一个问题。

"当然。"我气呼呼地说。其实，我还想说更多，我想问：为什么她跟你的父母那么熟悉？为什么她比我更了解你？她是如何有权利经常陪伴在你身边，如何做到对你的一切了如指掌的呢？

然而，米砂不是一个傻瓜。即使我再想知道这些问题的答案，我也绝对不会天真地提出。除非，我只想证明一件事：我不如她。

"她是个好姑娘。"路理说，"和你一样。"

我突然站起来，他拉住我胳膊问："你要去哪里？"

"回家！"我说。

捉弄我成功，他得意地笑。这才说："可是我的心很小，只装得下一个人，那就是你。"哦，路理，既然你能说得这么肉麻这么理直气壮，那么你可不可以告诉我：陈果其实是你的亲戚，她不想从我手里抢走你，她只是想替我保护好你。是这样的，对吗？

爱情小说里才有的俗不可耐的情节，求求上天发生在我身上好啦。

"你在想什么？"他饶有兴趣地问我。

我又坐了下来，在他胸口上用力打一拳，恶狠狠地说："记住你说的话，不然我饶不了你！"

"一定！"他说，说完了他又问："对了，你说了什么来着？"

对了，我说了什么来着？

我好像什么都没有说，却又好像在心里默念了千言万语，一不做二不休，我从枕头下把他的手机掏出来，扔到他面前说："给她发短信。"

"你又要干什么？"他不明白。

"发！"我一字一句地命令他，"你从明天起不用来看我了。"

他哈哈大笑，用手机点我的鼻子，"女人都是这么贪心吗？"

"别人我管不着，反正我是。"

他做晕倒状。

但那条短信，他最终还是没发。想必他这个大好人，总是怕伤任何人的心。当初对我，不也是这样的吗？我也不再强求，就像我心里那些问题，就让时间把它们腐烂在肚里吧。此时此刻，我什么也不愿意多想，是谁说过，爱就是宽容就是信任，所以，给他时间，相信他会处理好这件事。

那天我一直流连到探视时间结束才离开医院，走出医院的大门，没想到陈果竟然等在门口。我提醒自己，既然是胜利者，就要摆出宽容的姿态，于是我主动微笑，与她打招呼。

"你打算瞒他到何时？"她单刀直入地问我。

"什么？"我心虚地答。

"你就要出国了，不是吗？而且是全家移民。"她说，"可你骗他你考上了南艺。"

她竟然调查我！

"你能给他什么呢？"陈果问我，"一个甜蜜的谎言和一次注定的伤害，难道这就是米砂小姐的爱情观？"

"不。"我说，"不是你想的那样的。"

"我只是提醒你。"陈果像说绕口令一样，"放心吧，这些日子我不会打扰到你们。但我要告诉你，该我的，总归是我的；不该你的，总归不是你的。我只恳求你不要把事情弄得不可收场，这对谁都不好。"

说完这些话，她走了。

我有些虚弱地站在初秋傍晚的风里，身体里的细胞，好像忽然如同灰尘一般溃散开来。我思考着她所说的一切。过了好久我才反应过来，我又被她打击了！怎么好像每一次，赢的都是她？

我恨她，我真的恨她。是谁给了她这张嘴，是谁给了她这个权利，让我每一次都输得这么彻底，输得这么无话可说？

不，我暗下决心，说什么也要改变这个现状。

本来这是一个浪漫无比的黄昏，可是，因为那个咄咄逼人的讨厌鬼出现，它变成了一个不得不沮丧的黄昏。下了公交车，我埋着头走得飞快，快到小区大门的时候，忽然听到有人在叫："嗨，小朋友。"

我下意识地停下脚步，看到一个女人，她正闲闲地背靠着一棵银杏树，头发歪歪地绑在头顶，一件镶金边的淡花旗袍，唇膏却是一抹艳丽得可以置人于死地的石榴红，用一双黑漆漆的眼睛直直地盯着我。

我一时没认出她来，于是我继续往前走。

"你的鞋带散了！"她在我身后喊，我猛停下来低头看我的脚，哪有什么鞋带，我明明穿的是一双CROCS（卡骆驰）的凉鞋。

她笑得惊天动地，然后说："据说智商高的人才不会因这句话而停步，我的小米砂，看来你智商一般嘛。"

谁？居然知道我的名字？

我转头定睛一看，才认出是她——左左。这个该死的百变妖女，她今天的造型和前两次我见她，都有着天壤之别！我哪里能一眼认得出来！

"你在这里干吗？"我问她。

"等人。"她说。

"守株待兔？"我没好气地说，"还是又被他从我家里赶出来了？"

"哈哈，"她笑起来，离开那棵快被她倚倒的树，站在我身边，高跟鞋令她身高占据优势，一下子叫我变为被动，"他今晚的饭局应该也快散了，所以，就算他跑得比兔子还要快，等他回家时，我总能看到他车子一眼。"

我惊讶地差点大叫："你在这里傻等，就为了看他的车子一眼？"

"不可以吗？"她反问我。

可以，当然可以。

我只是在心里有些压不下去的小震撼，关于女人的爱情，和左左小姐比起来，看来我懂得的不过是皮毛。我忽然想，如果那个叫陈果的女生遇到她这样强的对手，想必一定会输得片甲不留吧。

"话说那天你到我那里去后又去哪里了，把你爹急的，以为我把你咋了，差点要我小命。"左左说，"我还没找你算账呢。"

"对不起。"我真心地跟她道歉。

"哈哈。"她笑，赞叹说，"米家的千金就是有修养，不过那晚的事，要跟你说抱歉，我和我的朋友，都喝多了。"

"没事，再见。"我找不出别的话回答，匆匆和她告别。她伸出手，使出她的招牌动作，捏捏我的脸说："有兴趣跟我一起去看演出吗？保证你会喜欢。"

"不用了。"我说。

她若有所思地问："你晚上出门，你爹会担心是吗？"

我点点头。

"真好。"她说，"我从六岁起，就没有爹为我担心过了。"说完这句话，她从口袋里掏出两张票递给我说，"很好看的话剧，这两天都在演，有空去看看吧，本来想请他去看的，但还是不要碰这个钉子了，不过，送你也一样。你把票扔掉也不要拒绝我哦，不然真的太伤自尊了。"

说完，她哈哈笑着跟我挥手再见。

我很想问她是不是还要在这里继续等，打算等多久，更无从猜测过去有多少个日子，她就靠着那棵树在这里看他的车子扬长而过。那一刻我真怀疑这棵树长得这么歪完全就是因为她靠着。我跟她告别，拿着那两张票走了很久，下意识地转过身，仿佛还能远远的看到她倚着那棵树的背影，渐渐模糊在将要笼罩的夜色里。

米诺凡那天九点才到家，不知有没有在路口和左左相遇，总之看上去他和以往无任何不同。被一个女人追了这么久，生活居然还是风平浪静，我有时不得不怀疑他的生活里，到底隐藏了多少不为人知的秘密。

"吃过了？"我迎上去，替他拿拖鞋。

"吃过了，你们呢？"他穿上我递过去的拖鞋。

"米砾游泳去了，我吃过了。"我回答。

他走进客厅，一直走到楼梯口，一边走一边说："忙完这段时间就好了，我就正式退休了……"

"爸爸，我想跟您谈谈。"我一直尾随他来到书房，他这才转回头，看了我好几秒，才说："好，那我们就坐下谈。"

"不了。"我说，"我还是站着吧。"

"你想说什么？"他问。

"我不想出国了。"我说出了这几个月反反复复萦绕在我心头的那句话，同时，做好了承受一切暴风雨的准备。

可是令我万万没有想到的是，刚刚坐定，拿起一份报纸准备看下去的米诺凡，居然眼皮都没有抬一下，手指一动，报纸翻过一页，轻松地吐出三个字："说下去。"

既然叫我说，我就说下去。

我吸了一口气。在我说出第一个完整的句子之后，我就几乎不费吹灰之力地说出了我最想说的话："我不想出国，是因为我发现我离不开他，对不起，我答应您出国，现在却出尔反尔。我承认，那时我并没有想清楚，我就匆匆忙忙默认了。虽然当时我并没有正式答应出国，这么久以来，所有人都默认了移民这件事，我就更加无法说出口。但是想了这么多天，离开这里的日子越来越近了，我觉得不能再拖下去。我必须，也只能告诉你，我不能跟你和米砾一起走。不管你有多么生气，多么不理解，不管你认为我幼稚也好自私也好无知也好，我一定要告诉你，我之所以坚定地这样做，是因为我爱上了一个人，我想和他永远在一起，仅此而已。"

很长的句子，语言混乱。

上帝保佑，他听明白了我的意思。

然后，当然，接下来的事——就是等他发火。

出乎我意料的，米诺凡并没有站起来夺门而去，也没有立即指着我的鼻子叫我闭嘴，更没有失望地甩掉手中的报纸，冷冷地说："我没有你这样的女儿。"他只是放下报纸，又挠了挠自己的后脑勺，用平静的声音说："哦，是这样。"

他叹息了一声，看着我的眼睛，眼神平静。这让我明白，这一切不是他伪装或克制："米砂，你要知道，移民确实是一件大事。你有自己的想法，当然可以。但是，你要确定这到底是一个决定，还是只是一个念头，我想，你需要更长的时间。"

本来"决定"二字就要冲口而出了，但我的想法还是立刻被他看穿，他对我摆摆手，说："不，你不要急于给我答案。这一切，等你真的想清楚了再说。到那时，如果你真的做了决定，即使是出国前最后一天你不想走了，爸爸也会答应你，如何？"

我下意识地点了点头。

我忽然鼻子一酸。他是不是就这样老了？我无法忘记童年时，有一次，他走到快要哭得晕倒的我面前，粗鲁地撸去我满脸的鼻涕眼泪，将我夹在腋下扔进我的小床上，帮我盖好被子离开。那时我是那样害怕他的孔武有力，在他高大的身躯面前，连抽泣都不敢用力，转眼间，他的小女儿却变成了一个这样处处违抗他、在他面前口若悬河只顾自己的感受的人，他会不会比我更加心酸？

也许是看出我的犹疑，他伸出手，在我头顶上摸了一下，对我笑着说："他快出院了吧，身体如何？"

"下周。"我说。

"他知道你要出国的事吗？"

我摇头。

米诺凡笑了，说："你有没有想过，如果他知道了，也许他会反对你这么做？"

"不。"我下意识地答。

"这只是你内心美好的愿望而已，要知道，男生的自尊有时候比什么都要重要。"

"这跟自尊有关吗？"我虚弱地问。

"至少你的欺骗一定会伤他的自尊。"米诺凡说完，看了我一眼，重新回到沙发前，重新坐下，重新把报纸拿起来，挡住他的脸，在报纸后面对我说，"以后记住，跟人谈事前，最好做好充分的准备，都快念大学了，一急起来说话还是那么语无伦次。"

我羞愧地退出了他的房间。

我收拾衣服的时候看到左左送我的两张票，话剧的名字很有意思，居然叫《我爱龟琳皋》，时间是三天后。我忽然有种冲动，想把其中的一张还给左左，再把另一张票送去给米诺凡，我分析不出来我为什么想这么做的心理，最终还是乖乖地把它塞回了包里。

那天直到很晚了，我才给路理发过短信去："睡了吗？"

我不敢确定他有没有关机，会不会回复，也不敢确定会不会被陈果发现。我真是恨死了我自己的懦弱，陈果有什么好怕？现在我既然已经对米诺凡坦白，我就再也不会害怕她什么。她能给路理的，我也一样能够给，谁说不是呢？

我正在胡思乱想，手中的手机屏幕亮了，是他！

"没，正想你。"

想？我忍不住想入非非：是想念？还是仅仅是想到？或者，只是在回想白天的点滴？

我多想假装天真不知羞耻的继续问下去，问个究竟，问个明白。但在心里泼了自己一百零八遍冷水之后，我才把自己突突跳动的心脏稍许往心房里塞进去一些。我绞尽脑汁，才想起这样一句干巴巴、毫无情调又无比矫情的话发过去说："哦，那么，真好。"

谢天谢地，他说："晚安，贪心的米砂。"我真怕他继续用这些只言片语的甜蜜发难我，我一定会招架不住地晕过去。

那天晚上，我又一次失眠。

而我心里最想的人，居然是醒醒。

要是她能在我身边，我一定毫不吝啬地将我的幸福分享给她。看到这条短信，不知她是不是也会替我默默流下幸福的泪水呢？我忽然感到一种说不出的深深的寂寞。自从醒醒走后，我再没有任何可以说说心底话的同性朋友，只是不知此刻的她，是不是和我一样辗转难眠。但无论如何，她一定比我好很多，至少，她有那命中注定的沙漏陪伴枕边，每当抚摸它，一定就像我们还在一起一样。而我所拥有的，不过是一只装载着小小甜蜜的小手机，伴我到天明。

第六章　纠结

我在家里宅了三天。

这三天，我谎称去学校报到，没有去医院看路理，我们之间唯一的联系只是短信。我刻意制造出距离，只是想要让我自己明白，我到底能不能离开他。最难挨的时光往往在傍晚，最后一丝天光收敛之时，他的笑，他走路的样子，他呼吸的姿态就好像从潘多拉的魔盒里跑出来的魔鬼，不停在我眼前萦绕……这个时候，我也往往会像受到了邪恶的引诱，情不自禁地想象着陈果会不会正在给他削苹果吃，会不会趁我不在的时候，他和她也会说着那些恋人之间才会有的暧昧语言。我被自己折磨得不轻，于是就不停地弹琴，直到米砾冲过来，把我的手指按住说："米砂，如果你没疯，我都要疯了。"

　　"对不起。"我这才反应过来，"吵到你了？"

　　"当然。"他说，"一支曲子你弹了十遍了。"

　　我从琴凳上站起来，跑上楼，进了我的房间，拿出我的手机，上面已经有他的三条短信，一条是："你在干吗呢？我想你了。"还有一条是："明天就出院了，要是你回不来，我去你学校看你，好吗？"最后一条是："我怎么觉得自己也变得小心眼了，呵呵。"

　　我捏着手机，直到把它捏得发烫，也不知道应该回复什么才好，一向光明磊落的米砂最讨厌谎言。我不得不承认，米诺凡说得对，我的欺骗一定会伤他的自尊，也让我在这份爱情里不得不占了下风。如果我注定不能给他未来，那么我的爱到底算不算是真爱呢？

　　不是爱情专家的我当然无法回答我自己。

　　下午六点，我背上我的包从家里出发，经过小区门口那棵树的时候，我下意识地停了一下脚步。那里没有左左，只有绿得可以滴下油一般晃人眼的树叶。我上了熟悉的103路，在医院大门口下了车，我走进住院大楼，上了电梯，按了11楼的键，然后终于到了那间熟悉的病房。

没有我想象中的那些乱七八糟的场景。他只是一个人孤单单地坐在床边，在看一本书，他没有穿病号服，而是换上了一件白色的T恤，看上去是那么的舒服、自然。

他的确和很多的男生都不一样。

我轻轻推开门走了进去。他看到我，惊喜地放下手中的书，要下床来迎我。我快步上前，他一把拉住我的手说："你终于来了。"

他用了"终于"这个词。

我努力挤出一个微笑，说："是。"

他探询地看着我的眼睛，"我觉得我们好久不见，怎么，你是不是遇到什么不开心的事情了？"

我真恨自己没用，总是这样，让他一览无余地看到我的内心。我别开头，他伸手把我的头掰回去，让我继续面对他的眼睛，然后他说："告诉我好吗？米砂，我想我有权知道。"

我靠到他胸前，又可耻地掉泪了。

我不能确定陈果到底有没有把我的事情告诉他，或许我应该跟他开诚布公地谈一谈，可是我又害怕结局像米诺凡所说的那样，到最后，我只落得个两手空空。

"是你爸爸反对了吗？"他说，"其实，我有信心慢慢让他接受我的，这一点，你完全不必担心。"

"不是的。"我说。

"那是什么？"

"我不想跟你分开，哪怕是一天，一小时，一秒。"我把他抱得紧紧的。

他居然哈哈大笑，笑完后他又忽然轻轻拿开我紧紧贴在他身上的两条胳膊说："你弄脏了我的衣服，我可是刚刚才换上的呢。"

我抱歉地低头，在我的包里寻找纸巾，手忙脚乱地带出了左左给我的那两张票，路理把它捡到手里问我说："你从哪里弄来的？"

"一个朋友给的。"我说。

他把票翻过来翻过去地看了一下，惊喜地问我："今晚？"

我茫然地点了点头。

他捏着两张票，很高兴地问我："这是部相当不错的话剧，我一直都弄不到票，你是专程来请我去看的吗？"

我"不"字还没说出口，他已经从床上跳下来，利落地穿好鞋，拉着我的手一面往前走一面责备地说："你呀，也不早点讲，希望不要迟到才好。"

"喂。"我拉他站定，"你还没出院呢！"

"谁规定住院病人不许进剧场看戏？"他说，"快走吧，马上就要开场了。"

"不许去。"我说。

"为啥？"他不明白。

"我可不希望再出啥事。"我嘟囔着说。

我话音刚落，他的脸色迅速地沉了下去，他放开了我，独自走到了窗边，看着窗外，很久很久，都没有再说话。

我走到他身后，环住他的腰，脸贴到他的背上。他有些抗拒，但最终没有推开我，只是用很低的声音沮丧地说："原来我是这么没用。"

我到底还是伤了他的自尊。

迟疑了一会儿，我走到他前面，从他手里抽出那两张票，坚决地对他说："我们走！"他有点不相信地看着我，我朝他做了一个鬼脸，然后说："你一定不会有事，我也不会蠢到再让你和我练长跑。"

"米砂……"他想说什么，被我捂住了嘴。

"不许说让我不开心的话。"我说，"现在，我们出发。"

走出医院，天色已经暗了。外面的空气很新鲜，路理贪婪地呼吸了一口，对我说："希望明天走出这里，就不会再回来了。"

"一定可以的。"我说，"出院后我陪你锻炼好啦。"

"可惜你得上学。"他说，"不过周末也好，你不回来，我就去南京看你。"

真是的，他又哪壶不开提哪壶了！我们上了出租车。我让司机把空调关掉，车窗摇开。我和路理就像两个迎着风饱涨的塑料袋，挤挤挨挨地靠在一起坐在后座。他一直握着我的手，有一个瞬间我特别想把头靠在他肩膀上，又忍不住觉得自己肉麻，心里更加七上八下，好久才回过神来。多年前的一个寒假，他送我回家，好像也是这样的一个场景，清晰得我仿佛仍然记得他那天穿的衣服颜色。只是物是人非，我们已经经历了太多，只恨那时候单纯的自己，是多么不懂得珍惜幸福，享受初爱的纯洁和美好。

《我爱龟琳皋》原来是部音乐剧。它讲述的是一个外号叫

龟琳皋的普通女孩在都市里寻找自己的爱情，不停受伤却又从不
放弃的故事。整个剧笑点不断，却丝毫不俗气。演员不错，台词
也很好，音乐就更不用讲了，特别是幕与幕之间衔接的不同风格
的小段舞曲，听起来别有生趣。路理一直专注地看着，他对戏剧
仍然这样着迷，以至于他着迷时的眼睛都显得特别亮。好几次看
到精彩的地方，我转过头去想与他一同讨论，他也正好转过头来
看我。就这样，整部剧看下来，我们几乎用眼神交流了无数次，
却一句话也没有说，可就算是这样，我也格外高兴，说不出为
什么。看来还真得谢谢左左，要不是她，我们不会有这样特别的
一个夜晚。然而，直到最后全体主创谢幕的时候，我才惊讶地发
现，左左竟然是整个剧的音乐总监！

她站在台上，和演员们一同谢幕，竟然一反常态地素面朝
天，只穿了一件简单式样的连衣裙，头发梳成最最老土的马尾，
我惊讶极了，禁不住叫出她的名字。

路理问我："你认识她？"

我点点头。

"她在圈内很有名。"路理说，"我以前拍个短片，朋友介
绍她做音乐，结果她开出天价，只好作罢。"

这个世界真是小，而且，缘分往往有神来之笔。

走出剧院已经是夜里十点多钟，我们出来得晚，人群已经散去。路理又不知不觉拉着我的手，我们从黑漆漆的走廊出口走出来，周围非常安静。他小声地对我说："我们可不可以散一会儿步再回医院呢？"

他很少用这种口气跟我说话，好像我是掌管他一切的主人，我故意把脸板起来说："不行，得马上坐车回去，不然他们该着急了。"

"我给我妈发过短信了。"路理说，"没关系的。"

"那也不行。"我说。

"不行也得行。"他拉着我离开出租车站台，"小丫头们就是这样，越宠越不像话。"听他的口气，好像自己在这方面多有经验似的，我心里酸酸的幸福像一瓶不小心碰倒的柠檬水，玻璃和着水一起碎了。跟着他往前走，其实在我心里，何尝不想享受这种两个人的浪漫时光呢，我要的只是一个台阶罢了。

而他总是这样，我要什么就给我什么，能如此懂得我心的人，我这一辈子又能遇到多少个呢？我已经下定决心，准备跟他敞开心扉，可是就在我打算告诉他我的秘密的时候，却有人在后面重重地拍了一下我的肩，大声喊我的名字："米砂！"

我转头，看到左左。她很高兴地看看我，再看看路理，然后对我说："谢谢。"

我一时不明白她在说什么，但她很快补充道："谢谢你来看戏，还带上这么一个帅哥捧场。"

"音乐很棒。"路理夸她。

"谢谢。"她笑得夸张。

陈果就在这时候从旁边杀了出来，她拦住了他，并没有说话。

"噢？"路理惊讶地说，"你怎么来了？"

"又是你的主意，是吗？"陈果对着我，铁青着一张脸，"把他从医院带出来，他明天就要出院了，你是不是希望再出点什么事才开心？"

"不关米砂的事。"路理说，"是我自己要来的。"

"跟我回去。"陈果过来拉他，"你妈妈在医院等你，她很着急。"

只见路理轻轻地推开了陈果，然后说："你先回去吧，我和米砂走一走，我自己会回去的，你放心。"

"绝不。"陈果坚持着，"我才不会像有的人一样蠢，同样的错误犯一次还不够。"

"什么情况？"左左在我耳边轻笑着问，"难道你抢了别人的男朋友？"

我涨红了脸说不出一个字，让左左看到这一切，我觉得丢脸丢到太平洋。

陈果这一次是真的生气了，她径直走到我面前，昏暗的路灯下她的脸色变成铜锈色："我见过不要脸的女生，没见过这么不要脸的。"

"请你收回你的话。"路理很严肃地对陈果说，"并且道歉。"

"休想！"陈果竟然用力推了我一把，她的力气真是大，我接连往后趔趄了好几步才停下。

"我们走。"路理走过来，把手放到我肩上，搂住我说。

但任他再用力，我也挪不开步子。我看着陈果，死死地看着。我忽然一点儿也不怕她了，虽然我的秘密掌握在她手里，可如果不是路理死死地按住，我也许已经走到她身边，狠狠地在她脸上抓出两道血印来，我完全可以抛弃我所有的尊严和骄矜，张牙舞爪不顾一切的和她拼命。

她也一样恨我，否则这似曾相识的眼神不会令我想到另一个人——蒋蓝。我站在原地，静静地等着她戳穿我，痛斥我，然而，她却什么也没做，转身大义凛然地走开了。

"你没事吧？米砂。"路理低头关切地问我，搂我更紧了。

我摇摇头。

这是我期盼已久的胜利吗，为何我却得不到一点儿快感呢？

我僵站在那里，目送着陈果愤怒的身影逐渐消失在夜色里，耳边传来路理小声地劝慰："我们也走吧。"

我毫不犹豫地就甩掉了那只拉住我的手。

我就是生气！星空不美了，散步不浪漫了，我原来可以拥有的一切美好又因为那个莫名其妙的人统统消失了，这到底算哪门子事呢？

"你怎么了？"他问。

明明知道我怎么了，却偏偏这样问。我心里的不痛快不由得直线上升，到了我自己无法控制的地步，朝着他大声喊道："你管我怎么了！"

这是一句明明白白的赌气话，喊完，我的喉咙就不住的颤抖，我真担心我接下去再说点什么的话，会哭出声来。

可是，路理显然没注意到我窘迫的愤怒，而是轻描淡写地说："米砂，我一直认为你很大度的，不会计较，不是吗？"

计较？我是在计较？

他的话激怒了我，我拼命压低颤抖的嗓音，一字一句地反抗："没错，我计较，计较透了。我告诉你，我长到这么大就没谁敢推搡过我，连我爸爸都不敢对我这样，她算什么？我凭什么不计较？我凭什么？难道你喜欢我的，看中我的，就是我的所谓'不计较'吗？或者，正是因为这种'不计较'，才可以让你为所欲为，是吗？"

我的声音越来越高，我并没有意识到我正像一个被信手抛出去的保龄球，滑向一个未知方向的黑洞。我只是无法控制我的思想和嘴巴，这几天来一直压抑的心情，都在那一刻统统爆发出来："她坐在那儿替你削苹果，在你昏迷的时候她用身体挡着我不让我接近你，她就那样霸道，一声不吭，铁青着脸，像一个理所当然的女王，总是在不该出现的时候出现。可是你呢，你对此只会睁一只眼闭一只眼，你没有勇气，没有勇气告诉她你喜欢我，你也没有勇气赶她走，我为了你忍受的委屈，我为了你付出的自尊，你算过有多少吗？可是你居然连对别的女生说'不'的勇气都没有，你不觉得你太好笑了吗？你不觉得我太好笑了吗？"

说完这一切，我本想挤出笑表示我的骄傲，却发现自己已经不争气地流泪了。噢，米诺凡，我真对不起你，你看，我又语无伦次了。

在我语无伦次的长篇大论后，他只是一直看着我，不说话。

为了表示我的委屈是多么的正确，我勇敢地凝视他的双眼，才看到他那双令我心碎的眼睛里，闪烁着不忍的光泽。我又忍不住怀疑我自己了，我说错了吗？我说错了吗？

他当然不会回答我，依然只是这样看着我，一句话不说，故作容忍和宽容，让我愈加难堪。

就在我不知该如何收场的时候，路边忽然响起刺耳的车鸣。

是左左。

她开着一辆小巧的绿色甲壳虫，显然是没发现正处于僵持状态下的我们，而是摇下车窗，对我招着手大喊："送你们回去？"

我抹了一把眼泪，哑着嗓子，还带着哭腔对他说："一起走。"

这个"一起走"一出口，我才发现，这既不像命令，也不像请求。

我握着我的包，站在那里等他说好，或者，笑一下也好，我受了委屈，发一下疯，他一定会理解。我已经意识到自己的小题大做和风度尽失，只是不知道是不是已经太晚。

他站在那里没动，我下意识地想伸手去拉他，谁知道他却没理会我，而是转过身去，大步地走了。

虽然他竭力做出大步流星的感觉来，但是他的腿，显然让他做不到大步流星。在路灯下，他虽谈不上一瘸一拐，却也像半个醉汉，走得很不稳当。

我紧紧地握着包，等他转身，或者，就算是停步也好，这样，我就有一个该死的借口可以冲上去把他拽回来。

可是，他没有。

他走得那么坚决和放弃，像一个向希望撒手的冠军。我终于投降，大声喊他的名字，他没有回头，连愣都没有愣一下。

走吧，都走吧。

我也转过身，向左左的车大步飞奔过去。

我最后那一点可怜的自尊，总算保住了。

这算是所有不好的事情里唯一的一件好事了。

"别送我回家，随便哪儿，去哪儿都好。"我没有擦眼泪，跌坐在车后座上，对左左说道。

"我可以开车替你去追他。"左左说。

"除非你想出车祸。"我赌气地说，"让他走，越远越好。"

她温和地说："好。"同时打开了车顶的挡板。

我看到满天星光，好像一颗颗将要砸下来的玉石，在这个诸多纷扰的夜里，飞快地落进我的眼睛里，化作一缕缕白烟。

"这世上有两件快乐事，一是追男人，二是气跑男人。你至少占了一项，不算输家。"左左发动了车子，她把车开得飞快，"不过你脾气也够大，这点像你爹。"

像就像吧，我恶狠狠地想，我要再没点脾气，没准早给人家捏得粉碎了。

车停下来，我已经不知自己身处何处。只见前方一个小巷子里，有一座类似loft的建筑，墙上用荧光笔斜斜的写着一个单词："Silent（寂静）"。

左左领我走进去，这原来是一个私人钢琴吧。装修风格像是一个天然凿出的山洞，有很大的暗红色沙发四散摆放，吊灯低到几乎可以碰到人的眉角。这里客人很少，只有几个人，喝着酒，小声说话，若有似无的钢琴声此起彼伏。我曾经以为天中的"算了"酒吧已经是这个城市夜生活的代表，没想到还有这样旖旎的场所。左左显然和这里的老板熟透了，她熟门熟路地和老板打招呼，最后领我走到整座"山洞"的尽头。那里摆放着一架极其漂亮的白色钢琴，和我家里的那架，一模一样。

"很贵。"左左的手轻轻抚过琴键，梦呓一样地对我说，"我还记得有个男人用淡淡的口吻对我说，我要给女儿买这一架，我那时候就想，这个小公主一般的女生，不知道到底长成什么样，后来认识了，才觉得他这般宠她是应该的。"

"你不用这样哄我开心。"我说。

"我在说真话。"她并不介意我的无理，而是说，"米砂，你让我嫉妒，嫉妒极了，你知道吗？"

"嫉妒什么？"我说，"因为我是他女儿？"

"哈哈哈。"她笑，"不是，是你眼睛里的清澈和干净，我丢掉了它们，永远都找不回来。"

她的话很有些文艺，我听不太明白，于是就只能傻笑。

"你和你男朋友有架可吵。"她咂着嘴说，"真让人羡慕。"

什么屁话。

"你傻啊，吵来吵去才说明两人是互相在乎的。"左左拍我一下，"哪像我和你爹，总是我一个人唱独角戏，人家连看都懒得看一眼。"

被她这么一说，我心里真的是好受多了，于是由衷地说："谢谢你。"

她朝我眨眨眼，"要喝点什么？我请客。"

我摇头。

"请你喝可乐，你爹应该不会杀了我。"她挥手叫侍应。给我要了可乐，自己要了小瓶威士忌，倒在长脚细玻璃杯里，一点一点地品。

老实说，我开始觉出她的美丽，才发现我的思维原本是错的。这样的女子是配得上米诺凡的，我到她这年岁的时候，如果有她这般的优雅气质，也算是自我满意了吧。

"爱情真不公平。"这样的灯光下，可乐也有了酒的味道，我喝下一大口，开始像模像样的叹息。左左走到琴边，对我说：

"别苦着脸，来，姐姐给你唱首歌。"

那是一首我从没听过的歌：

爱情的天平我就这样和你荡呀荡

我有时快乐有时悲伤

希望有你在我身旁

当我依然在幻想

你已经悄悄背起行囊

去追求属于你的理想

告诉我成长啊就是这样

爱情的天平我还这样和你荡呀荡

我真的很想与你共享

每一份快乐和悲伤

一个梦能有多长

一段情能否地久天长

其实你不必对我隐藏

希望海阔天空任你翱翔

······

左左是迷人的中低音，她的音乐天赋实在惊人，完全不看琴键，唱到陶醉处，甚至微微皱眉头，闭上了眼。而我从未听过这样忧伤的女声，好像傍晚觅食归来的布谷，在窝边低低地呻吟，养人耳膜，暖人心扉。不知道过去了多久，我被手机振动音打破了遐想，才从那像羽毛一样轻盈悲伤的歌声里回过神来。

电话是米诺凡打来的。

我当机立断做了一件事，按下接听键，把手机对准了音响，我知道左左的歌是为谁而唱，我要让那个人听见她的心，一定要。我怀着一种做救世主的心情想：在这个世界上，不懂爱的傻瓜真是排排坐，所以才会有那么多的爱情悲剧发生，我拯救不了自己，拯救一下别人也是好的。

左左没发现我的小动作，她正唱得专心："其实很多理想，总需要人去闯，爱情的天平没有绝对的收场，我看见你眼中，依然有泪光，往事难遗忘，一切温柔过往情愿为你收藏，爱情的天平没有绝对的收场，人总是要成长爱不能牵强未来还漫长……"

一曲唱罢，她合上琴盖，冲我颔首谢幕，当我再把电话移动到耳边，电话已经挂断，无从猜测听者的心情。我放下电话，微笑着轻轻地鼓掌。她走到我身边，问我说："打电话跟他求和了？"

"没。"我说。

"呵呵，音乐是最好的疗伤药。"左左说，"米砂你相信不，其实我听过你的歌呢。"

我当然不信。

可是她开口就唱："沙漏的爱，点点滴滴，像一首不知疲倦的歌……"然后，在我惊讶的表情里，她说出让我更加惊讶的话，"才华了得，一点也不输给林阿姨。"

什么？她在说什么？她在说谁？哪个林阿姨？她为什么要到我们学校网站去听我的歌？她到底是何方神圣？我问不出话来，我只是抓紧了她的胳膊，等待着答案在瞬间浮出水面。

"你想知道什么？"左左眯起眼睛问我。

"你说的林阿姨，"我说，"是不是我妈妈林苏仪？"

她半张着嘴，脸在瞬间变得苍白，支吾着说："米砂，我不明白你在说什么。"

我打翻了桌上的可乐。

我一定要发脾气。

当意想不到的事情一件一件发生的时候，请原谅我没有修养。

有侍应过来，左左示意他离开。然后取了抹布替我收拾残局，做完这一切，她坐到我身边来，点了一根烟，轻声对我说："你的脾气，真的像透了他。"

"我恨这个世界。"过了很久，我说了一句最无聊的话，然后我去抢左左的酒，左左并没有阻拦，任由我把酒抢到手里，我想喝，但我不敢，这辈子我最讨厌的就是酒精。

就在我犹豫不决的时候，米诺凡闯了进来，他夺过我的酒杯扔到桌上，一把抓住我的胳膊，把我拉到他身后，像保护一只小鸡一样护着我，然后冲左左发火："你居然让她喝酒，信不信我砸了这里？"

"信。"左左不动声色地说。

"不关左左的事。"我说，"是我自己要喝的。"

"你给我闭嘴！"他吼我。

"她只是在表演，我赌她没勇气把这杯酒喝下肚，不信你可以带她到街边找个交警测一测，她可真是滴酒未沾。"左左说完自顾自笑起来，在米诺凡面前，她是如此紧张，连幽默也变得蹩脚万分。

"以后最好少带她来这种地方。"米诺凡说完，拉着我就往外走。

左左一定是见惯了他的无情，她没有再拦我们，只是轻笑了一声，仰头喝光了杯中酒，对我做口型："米砂，再见。"

"再见。"我也对她做同样的口型。

我几乎是被米诺凡连拖带拽的走出了那个loft。其实我并没有反抗他，只是他走得太快，我根本跟不上他的步伐。直到走到他的车旁，他才终于憋不住骂我："以后少跟她混在一起，听到没？"

"她认识妈妈。"我说。

米诺凡转身，看着我，猛地一把拉开车门，低吼："胡扯！"

"她认识林苏仪！"我冷静地说，"她到底是谁？"

"上车。"米诺凡说。

我没有反抗，也没有再作声，从很小很小的时候开始，我就习惯了他对这个话题的回避和绝对抵制。直到车开到家门口，快要下车之前才冷冷地对他说："其实爱一个人没有错，你完全不必对人家那么凶。"

米诺凡显然是有些怔住，我以为他会回我一句："你知道个屁。"但他没有，他只是愣了好几秒来，然后把车倒进了车库里。

我换了鞋走进客厅，却看到令我更震惊的一幕——路理在这里，而且，他正和米砾下着棋。

米砾背对着我，没有看到我。

我走进门，视线刚好和路理相撞，他先是微微皱眉，继而对我微笑了一下，对米诺凡说了句："叔叔好。"就低下头继续钻研棋局。

可我看得懂，这是一个"我担心你"的皱眉，这是一个冰释前嫌的微笑。

就在那一刻，我解开了心中所有捆扎束缚的枷锁，我心酸得几乎落泪，爱情真是不公平，不公平到一个微笑可以挽回那么多。

这究竟是好事还是坏事，我已经不想去探明。

但我的心里却清楚地擂起了更加剧烈的鼓点——或者，米砾已经将我要出国的事对他和盘托出了？

如果真是这样，就让暴风雨来得更猛烈一些吧！我再也不要做那种缩头缩脑内心有不可告人秘密的小人了！

然而什么也没有发生，我走到他们身边，看着他们下完了那盘棋，看他微笑着从我家沙发上站起来，对我说："太晚了，米砂，我要回去了。"

"我送你。"

"不必。"他说，"你回家就好，我就放心了。"

他当着米砾和米诺凡说这样的话，说得如此坦然，光明磊落。仿佛要向全天下告之，我是他心中最在乎的人，我的自尊心得到极大的满足，一晚上的不快乐消失殆尽。我送他到门边，低声叮嘱他，让他回医院给我发个短信，结果他上出租车就给我发了，内容是："任性的米砂，明早能来接我出院吗？"

我爱死了这种被需要的感觉，抱着手机嘴角上扬着入眠。

第二天清晨，我如约去了医院。很好，陈果没有出现，我却意外地见到一个好久不见的人——许琳老师。

她的头发长了，烫成新近流行的那种微卷式样，看上去比以前显得洋气些，我靠近她，闻到她身上好闻的皂角香味，柔和而熨帖。我一直很欣赏她曼妙的风度，这个年纪的女人若不是因为有着很好的内涵，绝不会显出这种特别的韵味来。

"米砂。"她像老朋友一样地招呼我，"你还好吗？"

"她考上南艺音乐学院钢琴系了。"替我回答的人是路理。

"是吗？"许老师说，"我今年也有个学生考上了，叫罗典，你认识不？"

我慌乱地摇头，她并没有发现我的窘样，而是说："有个消息要告诉你们，醒醒考上了中央工艺美院，学服装设计，看来你们都很幸运，选择了自己喜欢的专业。"

噢，是吗？这真是个好消息。

真好，醒醒。

"有醒醒的电话吗？"我问道。

许琳老师缓缓地摇了摇头。

我还想继续追问下去，路理却轻轻拉了拉我的衣袖。

"不必勉强，她选择遗忘过去，未必是一件坏事。"路理把自己的大包拎起来说，"我们走吧。"

那晚，是我第一次被邀请去路理家，路理的母亲做了一大桌子菜，我有些局促，最担心的是席间他父母会提到陈果，但他们均没有，对我这个不速之客相当的客气和友好，看得出是很有修养的一家。我吃得不多，许老师对我很照顾，一直不停地替我夹菜，很奇怪，吃饭的时候我想得最多的竟是米诺凡，如果他知道此时此刻我坐在男生家的餐桌上，不知道该会是什么样的表情。这应该是女孩长大的一个标志吧，我曾经以为，这一天发生在我身上要等很久很久，所以当它到来的时候，我免不了有些云里雾里的感觉。

吃过饭后我随路理来到他的房间，他房间不算大，书架上堆满了碟片和书。他招呼我坐下，对我说："好久不住家里，这里挺乱的。"

我环顾四周，忽然发现床头柜上放着的，竟然是醒醒的照片，我把它拿起来，路理有些慌地把它从我手里抢走说："老早放的，忘了收起来。"

我心里的酸又泛上来了，原来他的心里一直装着的是她。只是因为她毅然地选择了远离，他才不得不尊重她的决定选择遗忘吧。

我坐在床边沉默，他把照片塞到抽屉里，好像也不知道该说什么才好。

"你想她吗？"我怀着挑衅的心情问他。

"不。"他说。

"你撒谎。"谁让他让我难过，我不打算饶他。

"这是很早以前的照片。"他解释说，"我很久不住家里。"

"能换成我的吗？"我强作欢颜，扬起笑脸问他。

"你很在意这些吗？"他皱起眉问我。

"是的。"我说。

"好。"他说，说完，就在包里拿出数码相机，要替我拍照，我挡住我的脸不让他拍，他照样咔嚓一张，然后坚决地说："明天洗出来，天天带身上，总行了吧。"

"给我看。"我去抢相机，他大方地递给我。我看到照片上的我脸被双手挡住了，只余一只眼睛露在外面，神情慌乱夸张，看上去像个丑八怪，忍不住尖叫起来。

他又哈哈笑起来。

我真羡慕他，每一次化解我们之间的矛盾，都是如此的得心应手。

他在我身边坐下，自言自语地宣布说："周日我送你回南京，然后我再回学校报到，我的功课落了不少，专业课都不知道能不能过得了呢。"

"不用送我。"我连忙说，"我爸会开车送我去。"

"哦。"他说，"你爸真宠你。"

"你吃醋？"我笑嘻嘻地问他。

他庄重地点头。

不管真的假的，总算是一报还一报。要知道，天下最不好受的滋味就是吃醋的滋味，他要是不好好感受一下，哪能体会到我的心情！

那天，为了不给他父母留下不好的印象，我只在他房间逗留了十分钟后就离开。他并没有留我，因为他刚出院，我也没让他送我。我和许老师一起离开他家，因为方向不同，到了小区门口，我们各自打车。分别的时候，许老师拍拍我的肩说："米砂，路理还不知道你要出国的事吗？"

我一惊。

"我知道你在撒谎。"她说，"陈果把一切都告诉我了。"

"对不起。"我低头说，"我会处理好，也许就不出去了，我正在跟我爸爸商量……"

"米砂，"许老师打断我说，"你愿意听我的建议吗？爱情是容不得任何欺瞒的，哪怕是善意的谎言，最终也会是一个错误。"

"我该怎么办？"我问她。

"告诉他真相，他一定能接受。"许老师说，"路理是个优秀的孩子，并不是你想的那么狭隘，出国并不代表着分手，你们都还年轻，来日方长。"

"可我害怕……"我说出实话。

"怕什么。"许老师说，"路理很喜欢你的。"

我注意到，她用的是喜欢这个词，喜欢和爱的区别，他们那代人不知是不是和我们一样分得很清楚。但不管如何，这个勉勉强强的"喜欢"还是让我心里有些空落落的不爽。谁能说路理就不喜欢那个叫陈果的呢，如果不喜欢，他可能在那些日子里都和她呆在一起吗？谁说路理就不喜欢醒醒呢，如果不喜欢，他又可能把她的照片一直放在床头柜上吗？

米砂从来都不是女一号，这份感情怎么经得起任何震荡？

所以，原谅我胆小，我不敢也不想冒这个险。

我心事重重的回到家，米砾和米诺凡正在看新闻。我绕过他们，想无声无息地上楼，谁知道还是被发现，米诺凡大声对我说："米砂，吃饭没？"

"吃过了。"我说。

"有甜汤喝。"米砾说，"老爹亲手做的，给你留了一碗。"

"不吃了。"我说。

"你给我站住。"米诺凡说。

我停下了步子。他站起身来，一直走到我面前，对我说："你今天没去雅思班上课？"

"没。"我低声答。

"下不为例。"他说。

"我会重新参加高考，考南艺音乐学院，钢琴系。"我抬头迎着他的目光。

"这想法挺新鲜。"他微笑着说，"是什么人教你的吗？"

"不。"我说，"和任何人无关。"

"很好。"他说，"对了，米砂，有件事我想告诉你，你妈妈的遗物都整理好了，你一定很想看看，是吗？"

"在哪里？"我惊讶地问。

要知道，这可是他第一次如此直接地和我提到么么和关于妈妈的事情，我只感觉都要喘不上来气了。

停了半晌，他终于回答了我三个字："加拿大。"

这算什么！

第七章　真相

这一年的秋天，像是被打了过多麻药的绝症病人，迟迟不肯醒来。等到醒来，却已经奄奄一息，命不久矣，几乎很快地逃离了人间。树叶好像一夜之间全部掉光，一切植物迅速脱水衰老化作灰烬。冬季随着一场寒气逼人的大雾袭击了整座城市。

出国的日子已经迫在眉睫，家中唯一的"密室"的门也被打开，米诺凡找了清洁公司的人，将之打扫得干干净净，将那些老古董一般的陈设统统打包，能寄到加拿大的已经先行寄过去了。

我和路理，只是周末见面。追回学分对他来说是轻而易举的事，我知道他在筹备一个短剧的拍摄，准备参加大学生DV电影节。为此，他还特别找左左咨询音乐的事情，我没有问这个短剧到底有没有陈果参与，我决定做个聪明的姑娘，不能得了便宜还卖乖。

我的学习也很忙，除了要重新复习高三的功课，还是要对付雅思。每天从早上九点就开始上课，阅读听力写作轮番上阵，坐得久了就觉得枯燥了，不过老师都很有趣。

有一个教写作的东北老师，一口东北话从头贫到尾，逗得全班人哄堂大笑。有时候上着课突然走神了，我就掏手机偷偷给路理发信息，老师上课说的好笑的英文笑话我会一个字一个字地打给他，偶尔也抱怨哪个阅读老师的阅读课听了直让人打瞌睡，他回条信息说，钢琴系不练琴还得上这么多英文课。吓得我心头一跳，赶紧打哈哈搪塞过去，生怕露出一点马脚，晚上一个人在房间里做雅思题的时候，我强迫自己完成规定量才能给他打电话。每天晚上背完单词，躺在床上睡觉前，想起这样的辛苦，竟有些类似高三时靠着想他的毅力苦苦熬过来的那些备考的心情。

当然我们也见面，周末，我变成他那间小屋的常客，因为我是"大学生"。

也有好几次因为想他，我会突然出现在他面前，向他撒谎学校放假或者请病假，他会很生气，说："以后千万不可以。

知道吗？"

虽然不可以，但我还会那样做，他依旧生气地说："千万不可以。"每当这时，我的心里总是充满歉疚，有想立刻说出真相的冲动。后来我终于变乖，只在周末的时候出现，我总是买新鲜的花带过去，一开始我不确认他是否喜欢这些女孩子气的东西，但是，他从来没有反对过。所以，我乐得让他的屋子里充满花的味道——这是米砂的味道，新鲜的，不一样的。

在那里我没有再发现过烟灰缸充满烟蒂，烟头都没有。

有一次，我提出教他跳舞。

"我们来跳舞吧。"我把小奏鸣曲的CD放进他的电脑，充满期待的向他提议，"让我教你，我在学校学会了新的舞步。"我拉起他的手，想要和他转圈，他跟上来一步一个踉跄。我吓得差一点尖叫，他却得逞地笑着，说："想要看一个残疾人最糗的样子吗？请他跳一支舞吧。"我反应过来，一把抱住他，心里悔恨得一塌糊涂。他便用手指绕住我的长发，在指尖绕成几个圈圈，再慢慢松开，在我的脸上亲了一下，表示原谅。

我们常常做的事是看完一张碟，或者同一本漫画书和杂志，伴随着这样的小游戏：谁先看完一页，谁就说"好了"，先说

"好了"的那个人便可以因此取笑对方的阅读速度，他最喜欢忽然在身后抱住我，把下巴放在我的头顶，蹭来蹭去，问我"下巴梳子"好用不好用。

不得不说，在这个匆匆而过的秋天里，我们拥有的那点可怜的短小的时光，居然是我们认识以后最最静谧和私密的一段时光。

日子一天天地过去了，我没有再因为出国的事和米诺凡有过任何交锋，安心等待命运给我的裁决。不过我和米砾的雅思成绩相继出来，我得7分，米砾也奇迹般得到了6分，可以申请到不错的学校，米砾盛情邀请我去参加他的party，还说请了不少天中的老朋友。

他一高兴就开始胡说八道："米砂你也拾缀拾缀，去买买新衣服，参加参加社交活动嘛。你看你现在这造型，头发长得跟女巫似的，你还是短发好看。"

我面无表情地说："请不要和高三学生谈形象问题，一年后我可是要参加高考的人，没那功夫美容美发。"

"你真搞笑。"他装模作样地叹了口气，跷起二郎腿。

"什么？！"我充满敌意的问。

"哪有你这样的，虽说嫁鸡随鸡嫁狗随狗，但毕竟人往高处走，水往低处流，路理王子应该随你天涯海角一起走，而不是让你陪他流浪到人生的尽头。"

他满足于自己的顺口溜，陶醉了一番总结道："总之，他应该为了你而考加拿大的学校，要知道，你已经为了他，选择了一个残疾……"

"住嘴！"我拿了一个垫子对着他打过去。

爱情本来就是不公平的，不是人人都像他和蒙小妍一样简单又纯粹。

"你难道对你老娘的事都不感兴趣了吗？"米砾说，"我敢保证，米老爷说的都是真话，而且，要不是为了老娘，我们也不会移民去加拿大。"

"你到底知道了些什么？"我揪住他的衣领。

"我就知道我老娘死在加拿大了。"米砾说。

"米诺凡告诉你的？"

"不，"他说，"我猜的。"

我放开他，围上一条围巾，去琴吧找左左。

不能和路理见面的时候，我常常在雅思班下课之后去找左左。整个十一月她都泡在琴吧里，为一个新的音乐剧谱曲。有空的时候，她就替路理的短剧配乐，她有一双修长到令我惭愧的手，可以跨十一个琴键弹奏，许多复杂的曲子，她弹起来都不费吹灰之力。谱曲的时候，她画的音符又大又圆，那些蝌蚪文一个个像有生命似的，在一张张白纸上飞舞。

她总是威士忌不离口，因此满屋子都是酒味，每次从她那里离开时，我都必须喷些香水。

她送我许多世界名曲的唱盘，我买了一个小音响，夜夜在关灯之后播放小夜曲，有音乐的时候，我比较不容易想起那些烦心的事。

比如，陈果是不是还在悄悄关怀他；比如，他会不会发现我的谎言；比如，独自留在这里之后，我如何一个人过以后的生活。

关于这些，左左说："烦恼来找你，才去应付。若没有，任它沉睡。享受生活才是人生第一大事。"

我没有从左左那里学会买醉，倒是学会了敞开心扉，我知道她了解和掌握着一些秘密，但我并不急于让她和盘托出，我已经等了很多年，我愿意继续等下去。我相信她和么么之间一定有些交集，哪怕只是一丁点儿，这个人也因此让我倍觉亲切。

我常想，如果没有出国事件，或许，这将是我这段时间以来最安宁的日子了吧。但生活好像总是这样，它永远不允许"永远"的发生。所有的安谧总有一天会被打破，所有的联系总有一天会被割裂，所有的快乐也总有一天会烟消云散。我想到百度"沙漏"这个词时，正是第一场雪降临城市的那一天。

早晨醒来，拉开窗帘，地面有一层薄薄的微雪。这令我心情大好，想起许多从前的事情来，我打开电脑，打开百度，神奇的百度了一个词——"沙漏"，是的，它是联系过去的某样纽带。

出来的网页里，唯独"沙漏的女孩"吸引了我的注意。

当我点开网页时，我看到的那张面孔，令我刹那回到了过去。

是莫醒醒！

我几乎流下幸福的泪水。接下来的事情变得理所当然。我在这个名叫"江爱迪生"的摄影师的网页上轻易地发现了他的email地址，并和他取得了联系。说明来意后，他给了我醒醒在北京的确切地址。

完成这一切，在网络时代的今天，只需一天的时间。

莫醒醒，天涯海角，米砂终于还是找到了你。

我带着醒醒的消息，飞奔去路理的家。

我想象着他高兴的样子，心里禁不住更加得意起来。

我要怎样开口呢？

"路理，这件事，你绝对想不到。"

"猜猜，我知道了谁的下落。"

"醒醒，我找到醒醒了！"

我一面走路，一面否认，一面一个人傻傻的微笑，直到掏出路理配给我的钥匙，打开了路理的家门。

今天不是周末，不是我们要见面的日子，但是，我要给睡梦中的他一个惊喜。

我轻手轻脚地走到他的床前，想要挠他的痒痒。可是，当我看到那个翻身之后面对我的面孔时，世界忽然变成了黑夜。

那是陈果。

她睡在床上。

路理就在这个时候闯进房来，他的手上还握着一只牙刷。

陈果已经坐起身来，她穿的是路理的T恤，非常大，袖子几乎垂到她的小臂。她坐起身，抱着膝盖，表情仍然是冷冷的，勇敢地看着我。

她不感到任何的羞愧和尴尬，光荣得像要去赴刑场。

我看看路理，我的眼神里的所有疑问，我相信他都懂。

难怪他总是不希望我在"非周末"的时候出现，难道我不在的所有的"非周末"的日子里，都是这样的情景吗？我不愿意相信，却不得不相信我眼睛看到的这个事实。我上前一步，期望他可以跟我解释，告诉我这只是一个误会，事情完全不是我想象中的那样。

然而，遗憾的是，他只是轻轻转头，避开了我的目光。

就是这样的结束吗？

在所有你和我的收场之幕里，我从没幻想过的是这一种。

那个早晨，天空又飘起微雪。我从他家里仓皇而逃，忘记了家的方向在哪里。我甚至连醒醒的照片都没来得及向他展示，我到底还是输了，不是吗？如果换成醒醒，她会不会赢？如果是醒醒赢了，我会不会输得心甘情愿？

这真是世界上最"可悲"的自我安慰。

"米砂！"他终于还是追出来，在巷口，我转身，看到他好像没站稳，差点摔跤。我想去扶他，可是终究忍住了，站在原地没动。

"我可以解释。"他说。

"有必要吗？"我冷冷地问。

"如果你想听，当然有。"

"很遗憾。我不想听，我现在只有一个感觉，那就是——恶心。"说完这句话，我转身大步地离开了。我没有回头，一直没有，我只知道我的双腿一直在不停地颤抖，直到我走着走着，走到左左的琴吧门口。

可是，当我不经意回头的时候，我失声尖叫起来，他跟着我，他竟然一直一直跟着我，走了这么远，他的腿，会不会疼？

事到如今，我还在心疼他，如此一想，我就加倍心疼起自己来。

我站在那里，他站在不远处。雪花飘在我们中间，很近的距离，却是如此的遥远。那一刻，仿佛他只是一个路人，仿佛我和他从来都不曾相识。

终于，他走上前来，问我说："现在，愿意听我解释吗？"

我还是摇了摇头。

他笑："米砂，你如此倔强，谁也改变不了你，是不是？"

"不是我的错。"我说。

"是我的。"他温和地说。说完又加了一句让我心碎的话，"我本不该和你重新开始。"

他后悔了，这是一定的。

"是要说再见吗？"我问他。

他好像费劲地想了很久，很久，这才回答我说："是吧。"

"再见，路理。"说完这四个字，我转身进了琴吧。我一直走到琴吧的最里面，还没有来得及掸去身上的雪水，就一头倒在了沙发上，我冷得发抖，但最终没有流一滴眼泪。我挣扎着爬起来，倒了一杯威士忌，一口气喝了大半杯。

左左拿来一条毯子盖在我身上，关切地问我怎么了。

我摇摇头，只对她说："弹琴给我听。"

她给我盖好毯子，说："好，你听听这一首我新谱的曲。"

言毕，她开始弹奏。音符渐起的时候，酒精正给我带来第一丝暖意。我捻起还残留在我的衣领上迟迟不肯融化的一粒雪，扬起头对她说："让我来写词，可好？"

"好的。"左左笑，"可以一试。"

"爱情的世界是否注定充满谎言？"我气若游丝地问她。

"怎么，你受伤了？"她捏着我的下巴，审视地问。

我没有点头也没有摇头。我拼尽全身的力气努力着，不让自己哭泣。是的，我绝对不能哭，绝对不能。

"哭吧。"左左善解人意地说，"哭完你心里会舒服一些。"

但我还是骄傲地昂起头，把就要流下来的泪水硬生生逼了回去。

就这样，我终于还是做了决定。

我开始全力准备出国的东西。包括万金油和百雀羚，我写好单子，仔细核对，热情程度好像已经超过了米砾。我时不时就打电话跟左左请教：加拿大傍晚会不会落雨，冬季湿度有多大，便利店是否二十四小时营业等等。米砾对此大感不解，他问："你的王子呢？你就这样丢下他了？"

"分手了。"我当着米诺凡的面大声对米砾说，"年少轻狂，一笔勾销了。"米砾瞪直眼看我，半天才明白我的意思。米诺凡却不动声色，翻过一页一页报纸，好像一切都在他的掌控之中。

我现在甚至有些怀疑，当时他对我说"不要急于做决定"的时候，就料定我会有回头的这一天。

不过有什么办法？我终究是路理和米诺凡两位男士的手下败将，他们一个令我体无完肤，一个令我虔诚皈依。

我的手机二十四小时开机，像以前那样贴身放着，可是，有时候往往一整天它都静悄悄的，像合上了眼皮安静睡去的孩子。

这样的等待自然是可耻的，我羞于告诉任何一个人，当然最最羞于告诉他。

我原以为，若他能真正找到心中所爱，我一定是走得最潇洒不会回头的那一个，却未想结局明朗的那一刻，我却最最输不起。

我输不起青春岁月里美好的守候，以及初初萌动的如同盛满露珠的荷叶那样的爱。

其实，就在狠心说出那四个字以后，我就该知道，消失了的，不会再重来；逃离了的，不会再拥有。

是不是误会，此时此刻都已经不再重要。尽管我在心里，已经替他想好了千百个解释的理由。

我没想到有一天会再见到陈果。那天我去街上采购，累了，走近一家麦当劳想买杯"麦乐酷"喝。忽然看到柜台里的她，她穿着制服，笑容可掬，正在给一个小孩子递上一个甜筒。我疑心我看错，仔细一看，果真是她。

我没有买任何东西，匆忙退出。

其实我完全不必怕她。

但那一刻，我觉得我好像又输了。我从来都是依附着别人长大，没有自己赚过半分钱，更别说像她这样在快餐店辛苦打工。她明朗动人的微笑让我有种从没有过的心悦诚服。

坦白说，以前我老觉得她着装老气，发型凌乱，步伐难看，没有特长和天分，五官普通到掉在人堆中无法辨认出她的面目。除了跟我抢路理时的咄咄逼人，我看不到她任何的优点。放在以往任何一个时刻，我决不会把这样一个普通到俗气的女孩当作对手。但现在，她的右手上却骄傲地拎着一个装满蔬果的菜篮。

她已荣升为他的厨娘，烹调佳肴，调味幸福，这份恋情堪称修成正果。

所谓"命运的裁定"，原来是令米砂远走高飞，令陈果成为最后一站的公主，叫我不得不折服。

那些日子，我还喜欢上了跟江爱迪生聊天。就是他，一个摄影师，把醒醒和过去的岁月一并带回到了我的身边。

我跟他完全不熟，所有的了解都只是通过QQ上跳跃的一个头像，但跟陌生人倾吐让我无所顾忌。总要有人见证我年少的美好友情，它不能就这样被一笔带过，任岁月就此将它掩埋，我不甘心。好在我的聆听者是个超级有耐心的人，他对我讲述的每一个细节都是如此地感兴趣，恨不得我能讲得越多越好。

我用脚指头想也知道这个姓江的爱上了醒醒。醒醒又有人爱有人宠了，噢，她天生是讨人爱的姑娘，米砂却从来都不是。杂志书上说的关于"爱情运"的高低，大抵就是如此吧。

"你难道不想见她一面吗？"有一天，江爱迪生给我建议，"你反正也是从北京转机，我觉得，你在出国前最好来看看她。"

我首先想到的是拒绝，"她的病好不容易好了，一切重新开始，我不想勾起她不快乐的回忆。"

"遗忘不是好办法，因为好多事情除非患了失忆症，否则根本没法忘，坦然接受过去，才可以更好地出发。"

这个怪名字的家伙，他是在劝我吗？

"来吧。"他说,"我来安排。"

那些天我又开始苦练厨艺,我要把生疏的一切练回来,等我见到醒醒,一定要给她做一桌好吃的东西。最享受的人当然是米砾,不管我做什么,他都照单全收。有一次甚至破天荒地拍起我的马屁来:"米二,我以后能娶到你这样贤惠的老婆就好了。"

"那还要懂得珍惜。"米诺凡插嘴。

"你是经验之谈吗?"米砾这个不怕死的,居然敢这样和米老爷对话。

米诺凡看了看我,又看了看米砾,什么也没有说。

傍晚时分,米砾跑到我房间里来,我们透过窗户看到米诺凡又在修剪院子里的花草。米砾摸摸头对我说:"都要走了,他还这么辛苦劳作,老男人的心思真弄不明白。"

"你今天不该那么说他。"我说,"或许他心里不痛快。"

"你多虑了。"米砾说,"男人是拿得起放得下的,米老爷是真正的男人,我崇拜他。"

"你为什么不大声喊出这一句?"

我话音刚落,米砾已经推升窗,面对着窗外的米诺凡,竟然大声用英文唱起了《我的太阳》: Oh my dad, oh my sunshine!他的美声严重走调，荒腔走板，我笑倒在床上。

而窗外那个站在院子里拿着一把大剪子的男人，脸上的表情竟然有些要命的羞涩。

不管怎么说，我们一家子的新生活要开始了。我的，米诺凡的，米砾的，我们是注定相亲相爱的一家人，我们谁也不能失去谁，谁也不可以让谁失望。

临走的前一晚，我去看左左。她兴致特别高昂，放下酒杯，一直喊着有礼物要送我。

我打开那个包装精美的丝绒礼盒，看到了"礼物"。那是我作词，她作曲的一首歌，歌名叫《微雪》，她已经将它制作好，放进了一个崭新的Ipod。

"送你。"她说。

"这么好。"我说。

她紧紧拥抱我，在我耳边呢喃，声音忧郁得让我抓狂："明天就走了。"

"你不许想他。"我推开她，很严肃地对她说，"你要有新的开始，必须。"

"也许吧。"左左说，"我为追他回国，他却去了国外，一切都是天命，说起来是不是很可笑？"

"爱情本来就是一件可笑的事。"我说。

"不。"她纠正我，"爱情是一件美好的事。"

我反问她："不被接纳，甚至被欺骗、伤害，难道也是美好的吗？"

她看着我，两眼放光，肯定地说："如果你真的爱这个人，就是的。"说完，她把Ipod替我打开，耳机塞到我耳朵里说，"来，听听咱俩的杰作。"

我闭上眼，耳边传来的是左左动人的歌声：

我靠过你的肩

你没吻过我的脸

难过的时候

我常陪在你身边

朋友们都说

这种关系很危险

暧昧是最伤人的

常常还没有开始

就已经走到了句点

我们的爱

也许只是一场细微的雪

落进地面

转眼就消失不见

但那些甜美的错觉

已值得我长久地纪念

至少爱与不爱

你从没对我敷衍

嘴角努力上扬

快乐就记得多一些

不那么贪心

遗憾就一定会少一点

陪你走的路

真的没想过永远

每次欲言又止后

寄给自己一张明信片

我们的爱

哪怕只是一场细微的雪

却化作我心底

这些年汹涌的思念

我的男孩你早已不见

只有潮湿的风提醒我

有一朵花曾经

放肆地开过春天

虽然歌词出自我手，可我为什么居然能听得泪流满面？

"别哭，米砂。"左左拥抱我，替我擦掉泪水说，"坚强的姑娘才是好姑娘。"

"我爱他。"我抽泣着说，"我真的很爱很爱他。"

"我知道，我知道。"左左拍着我的肩，像哄一个孩子。我闻到她身上的气息，像儿时的妈妈，那气息让我觉得安稳，让我变得前所未有的强大。于是我请求左左，这是一个在我心里藏了许久许久却一直不敢提出来的请求："告诉我妈妈的故事，好吗？"

"你一定要听吗？"左左问。

"是的。"我咬咬牙说。

"好吧，我讲给你听。"左左说，"那一年，我应该是十二岁，你妈妈离开你们来加拿大，是为了追求自己的艺术理想，她想继续上学。你爸爸不同意，觉得她应该留在家里相夫教子，于是她私自跑来，没有钱，经济上很是窘迫。后来经朋友介绍到我家来，教我弹琴。我和她相处得很愉快，她常常跟我谈起你，还有你哥哥米砾，她说你们是如何如何可爱，她是如何如何想你们。等到她学成，一定会把你们接来，全家团聚。你妈妈真的很好，她是天生的艺术家，我以前憎恶弹琴，是她让我认识到音乐的无穷魅力。可惜，她只做了我两个月家教，米砂……你确定你要听下去吗？"

我控制住自己，用尽量不发抖的声音说："是。"

"有一天夜里，她从我家离开以后，就再也没有回来过。"左左抱着我，在我耳边说，"她死得很惨，遇到变态杀手，那是华人在加拿大非正常死亡事件里闹得最轰轰烈烈的一次。你爸爸闻讯赶来，在她墓前一直跪了三天，不吃不喝。他告诉我们，当初你妈妈走时，他没有给她钱，就是想她吃不了苦，能乖乖回去，可谁也没想到在这么短的时间内，就发生了这样的意外。米砂，这件事是你父亲一生最大的隐痛，他瞒着你们，是担心你们接受不了这个事实。这么多年，他一直在为此事愧疚，不再去爱，不再动心，心里只住着你妈妈一个人。就算永远阴阳相隔，他也从不曾改变。米砂，你爸爸才是一个真正懂爱的值得尊重的男人，我爱上这样的男人，尽管他从来都没爱过我，我也不丢人，对不对？"

那一夜，我告别左左，将歌声放到最大，插上耳机，任音乐在我耳旁轰鸣。我一个人双手插袋，荡过这座城市里最繁华的一条马路。

这是铭记了太多欢快和惆怅的一条路，这条通向天中的路，这条他发生车祸的路，这条我和他并肩奔跑过的路，重走一遍，仿佛唤醒了一切死灰般的记忆。走了很久很久，我不知不觉竟然又着魔般走到他家窗前。里面透露出微弱的灯光和晃动的人影。但因为有窗帘，我一直没法看清里面到底是一个人还是两个人。

　　我怔怔地站了好一会儿，直到又感到细雪落在我发烫的耳朵上，我才慌忙苏醒过来。我取下我的Ipod，又将他配给我的钥匙用包装盒上的丝带打成一个结，算做我留给他的最后的礼物，默默放在了他家门口。我承认，直到这一刻我仍然幻想他会忽然打开门，惊讶而欣喜地喊着我的名字："米砂，你来了？"

　　心里的声音却艰难地说：不，永远不会了。

　　我凝视那根黄色的丝带扎成的灿烂的蝴蝶结，知道到了该告别的时候了。这一切就像一句我最爱的歌词：而我终究要离开，像风筝，飞向很蓝的天。

　　米砂，你要勇敢。

　　Please be brave，永远不忘记。

（终）

后记　像米砂姑娘一样活着

八月，我在丽江。

这是我第三次来到这里。和以前的两次不同，这一次我带了很多人来，我们要在这里拍摄《微雪》的电影MTV。老实说，这是我第一次到丽江就想做的事，不得不感谢命运，每次实现梦想，还都不算太为难我。

"我们的爱，也许只是一场细微的雪，落进地面，转眼就消失不见……"去的飞机上一遍一遍地听《微雪》的主题歌。这是继《离开》和《沙漏的爱》之后，小崔和琬婷再一次合作，为《沙漏》创作的第三首歌，很好听。相对而言，歌词也是我自己写得较为顺利的一首，远不像写《离歌》歌词的时候那样万般纠结。

是谁说，结束往往是最美丽的。

只是我们都太傻，常常舍不得结束而已。

丽江已经不再是三年前的那个丽江了。站在古城吵吵闹闹的四方街，阿牛哥摇着头对我说："没事都不来了。"我在那里听到一首喜欢的老歌，孟庭苇的《红雨》。是一个男歌手唱的，或许每晚都唱，很公式化的歌声，没有我想要的那种忧伤，奇怪的是一样让我感动。

想当年，孟庭苇红的时候，我还是个小姑娘。但那时候的我满心满脑都是齐秦，大张旗鼓地听齐秦让我觉得自己够深沉够水准，而孟庭苇只能关起门来悄悄听，听她唱："轻描淡写我的回忆，像是一场下过的雨……"

所有曾经的单纯的美好，会遗憾地被岁月变得嘈杂。

所有曾经的轰轰烈烈，终会在记忆里沉睡不起。

好在像我这样的年纪已经懂得安然接受这些，而不必像文艺女青年方悄悄一样在丽江的酒吧里一个人买醉。

《微雪》MV的故事很短。就是讲米砂和路理一起去了丽江，他们去相同的地方，做相同的事，但总是遇不上。我们拍得很顺利，一边拍一边连带购物和逛街，累了随便找个酒吧坐下来，喝点茶，跟老板聊会儿天。

"为什么遇不上！"舒舒跪在地板上用电脑看完样片后说，"饶雪漫我想要掐死你。"

这就对了。

哪怕分手是必然，我也要你们痛死才善罢甘休。

当然小说不是这样的，我们在小说里读不到这些，我只是让米砂安静地离开，那个在心里一门心思汹涌着爱的女生，她必须跟莫醒醒不一样，她必须得走。在微雪之后，将分手处理得了无痕迹。

我承认，我是有点狠心的。

拍完后在昆明吃杀青饭，坐在我对面的李北岳对我说："雪漫姐，我怎么觉得我就是路理。他跟我太像了，但以后别给我这样的角色了，很郁闷。"

他入戏太深，我何尝不是。

《沙漏》写了一年多。莫醒醒，米砂，路理，米砾，蒋蓝……据说，在很多学校，差不多是人手一本。有一次康康去厦门的一所中学拍戏，有人认出他来，于是大家都拿着书叫着"米砂"的名字狂奔向她。

"第一次感觉自己像大明星，只不过我的名字叫米砂。"康康这样对我说。

"我就是爱米砂。"读者微微蓝说，"我希望我就是她，我的一言一行一举一动都想模仿她，这个世界上最美好的女孩子，雪漫，你不给她幸福的结局我恨你！"

"我们要米砂。"

"米砂，米砂，饶坏坏快写米砂！"

"沙漏3为什么不写米砂的结局？"

这也是我，为什么要写《微雪》的最主要的原因。也算是我送给米砂，和这个世界上所有像米砂一样善良美好、内心单纯得像一面蓝天的姑娘们的一份礼物。

爱时奋不顾身，走时勇敢坚强。

我的女孩们，祝你们都能像米砂姑娘一样骄傲地活着。